TALES OF TAIWAN

台湾異聞録

二師兄——著

新北市
基隆
全台最北南部
從月球上可以看到
世界最長斑馬線
龜山島核子潛艇
台北市
桃園機場
天母帝國
桃園
東南亞租界區
(官方語言待定)
大安自治區
北極點
科學家仍在觀測中
中壢
好像屬於桃園
又好像不是
內壢
好像屬於中壢
又好像不是
信義共和國
宜蘭
新竹
海關
三蘆動亂區
新竹不夜城
(竹科園區)
出入這裡要檢查護照
中和永和大迷宮
宜蘭氣象預報
週一
週二
週三
週四
週五
週六
週日
土城監獄

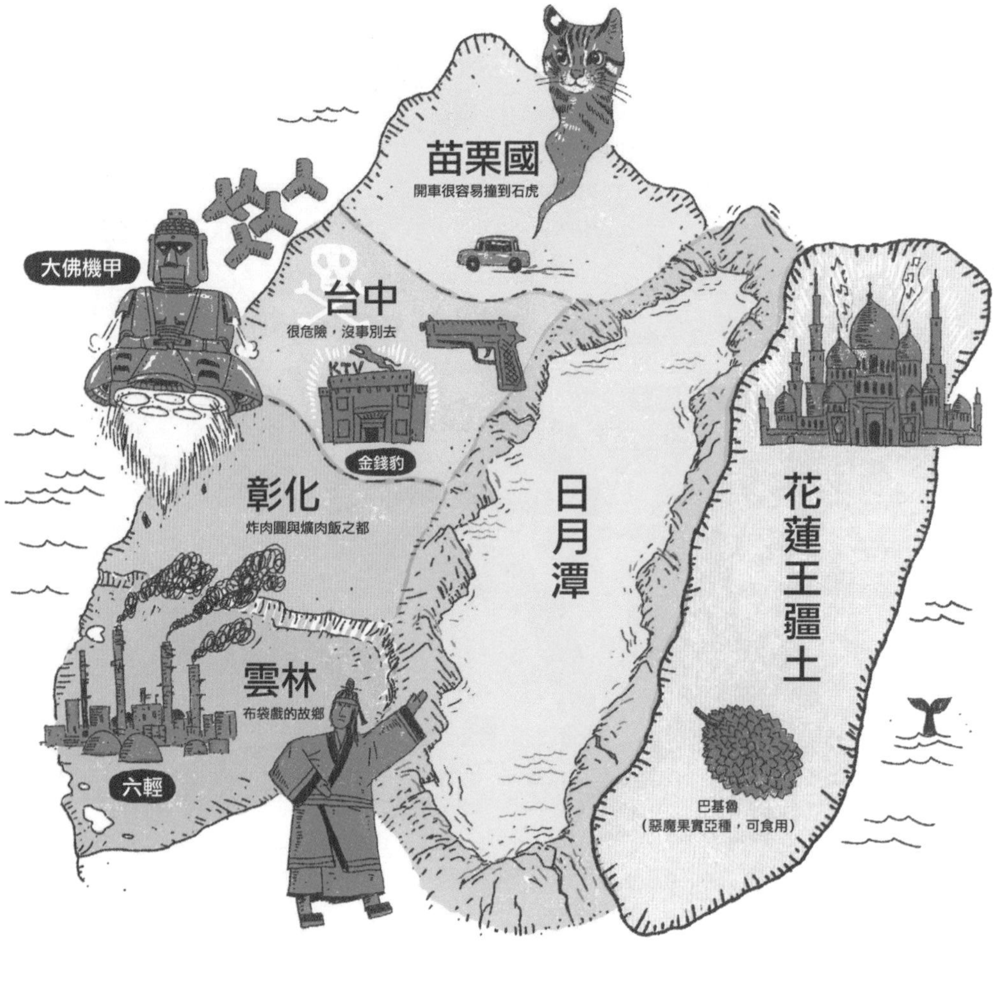
苗栗國
開車很容易撞到石虎
大佛機甲
台中
很危險，沒事別去
KTV
金錢豹
彰化
炸肉圓與爌肉飯之都
日月潭
花蓮王疆土
雲林
布袋戲的故鄉
六輕
巴基魯
（惡魔果實亞種，可食用）

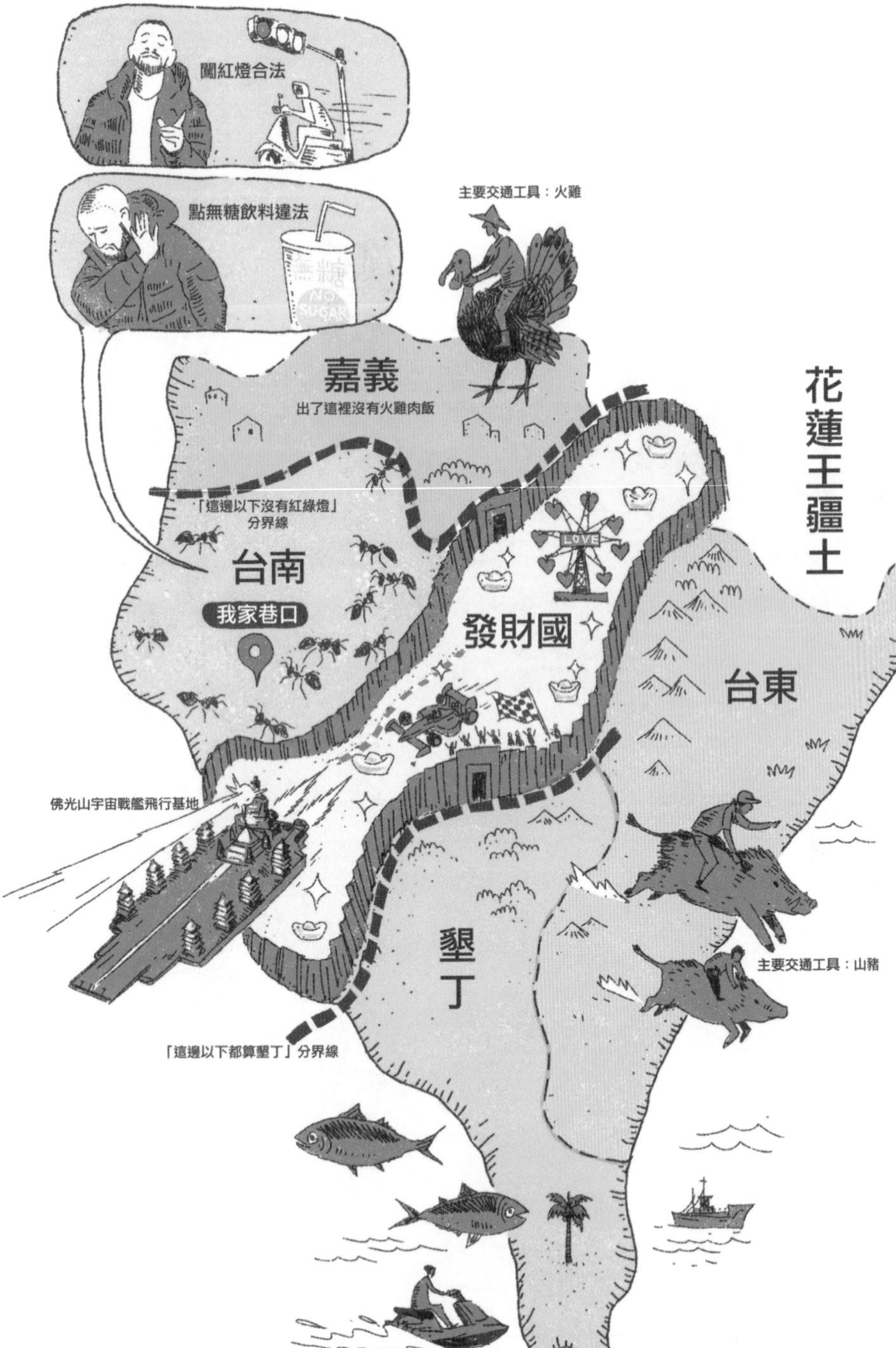
花蓮王疆土
闖紅燈合法
點無糖飲料違法
無糖
NO SUGAR
主要交通工具：火雞
嘉義
出了這裡沒有火雞肉飯
「這邊以下沒有紅綠燈」
分界線
台南
我家巷口
LOVE
發財國
台東
佛光山宇宙戰艦飛行基地
墾丁
主要交通工具：山豬
「這邊以下都算墾丁」分界線

目次

序言

大家好，我是二師兄，很高興這本書終於跟大家見面。

作為全台公認的寫實流派創作者，我從開始在網路上發表故事以來，始終兢兢業業，秉持著公正客觀的精神，力求記錄下這片土地最真實的樣貌。

連載期間，陸續有讀者反應我寫稿速度緩慢，甚至有人質疑我在拖稿，使我心痛不已，所以我想聊一下拖稿這件事。

事實上，在故事撰寫期間，我一直面臨著來自各界的壓力，迫使我無法在網路上公開全部的創作。

「同學，這個月的房租再不繳，我下禮拜就要帶人來看房了喔。」這是來自房東的壓力。

「你咪挺繼續擺爛沒關係啊，不想畢業直接告訴我，不要浪費我的時間好嗎？」這是來自我研究所教授的壓力。

「你上次欠我的兩百塊什麼時候還？」這是來自我朋友傑森的壓力。

「啊你是要交稿了沒有啦？是要寫多久？寫、多、久？」這是來自編輯貓小姐的壓力。

除此之外，在這一年的創作歷程裡，無數意外出現在我的生命中。

比如說期待很久的電影終於上映。

比如說一直很想吃吃看的壽司店開幕。

比如說早餐店老闆娘始終不肯叫我帥哥，讓我一整天心情都很差。

這些不可抗力嚴重地阻礙我撰寫書稿的速度，早餐店老闆娘叫我先生這件事給我的打擊之大，甚至讓我一度以為自己再也無法完成這個故事。

幾個月前的某天，貓小姐打了一通視訊電話給我。

「你在寫稿嗎？」貓小姐看起來心情很差，不過她一直以來都這樣，我也沒有太在意。

「沒有，我在吃飯。」我嘴裡含嚼著香噴噴的炒飯，漫不經心地回答：「妳來要稿了嗎？」

「不然來要飯嗎？」貓小姐的聲音冰冷。

炒飯哽在喉頭，我艱難地嚥下。

「我真的快寫完了，能不能再寬容我兩天？」我哀求。

「你知道今天是什麼日子嗎？」貓小姐問。

「痾……生日快樂？」我不確定地說。

「今天距離我們上次開會，剛好滿一週年了。」

我瞬間毛骨悚然。

「想起來了嗎？」貓小姐的聲音冰冷：「今天是你的截稿日。」

「……喂？喂喂？有聽到嗎？」我對著手機呼呼吹氣，試圖製造雜訊：「我這裡的訊號不太好，先掛了，之後再聊……」

金黃色的飯粒噴在螢幕中貓小姐的臉上，卻遮不住她銳利的眼神。

「沒關係，我說我的，要不要聽隨便你，關於違約金的部分……」

「我在聽。」聽到違約金，我的手機訊號瞬間暢通無比。

「你還記不記得之前開會的時候，我們是怎麼討論題材的？」貓小姐問。

「我們那時說這本書先不寫小說，以散文模式為主。」我如實回答。

「那你可不可以告訴我，現在內戰是在打幾點的？」貓小姐又問。

「就、就氣氛到了，不內戰一下好像說不過去……」我幾乎要抬不起頭。

「這些都先撇在一旁，你稿也拖了，內戰也打了，最重要的問題是，你什麼時候要交稿？」貓小姐問。

她尖銳的問題就像一根針，直直指著我的額頭，令我坐立難安。

「其實是這樣的。」我故作鎮定地說：「妳目前位於北部，我則待在南部，我們之間的相對地理位置極可能造成了時差，而我們在時間認知上的區別又導致彼此對截稿日期的判斷有所歧異。這很糟糕，卻也無可奈何，因為時差的成因跟地球自轉有關，也就是說，並不是我在拖稿，而是這顆星球運行的模式使得我無法現在交稿，這樣妳能理解嗎？」

「時差是看經度，不是看緯度。」貓小姐完全不為所動：「你有本事現在買張機票飛到格林威治天文台寫稿，我多給你八小時。」

「這妳就有所不知了，其實呢，速度是一種相對的概念，就好像一個人在移動的火車上，往火車行進的反方向奔跑，從地面上來看，這個人還是在往前移動。同樣的，妳覺得我寫稿的速度很慢，有可能是稿本身正在往寫完的反方向前進，也就是說，從宏觀的立場來看，也許並不是我在拖稿，而是稿在拖我也不一定？」我完全不知道自己在說什麼。

「你有時間想這些狗屁，為什麼不把時間拿去寫稿？」貓小姐的額頭上青筋浮動。

「不瞞您說，其實我前幾天幾乎都要把稿寫完了，結果颱風來襲，我家一整個大停電，我家的狗怕黑，咬著我的作業衝出去，然後掉進河裡被水沖走了。」我慌到把小時候沒寫作業的各種藉口胡亂拼湊起來。

電話那頭傳來貓小姐深呼吸的聲音，我縮著脖子，稍稍將話筒遠離耳朵。

「快、給、我、稿！」

「不、不要搞我嗚嗚嗚嗚……」我揪緊自己的褲腰，瑟瑟發抖。

歲月催人老，編輯催我稿。我碩一的那段日子就這樣在勤奮地寫稿中度過，絕對沒有拖稿的嫌疑。

終於，在歷經千辛萬苦之後，我如期把這本書寫完了。

希望大家喜歡。

——二師兄

二〇一九年十二月二十四日

壹——交通

一　台南交通

台南，我的故鄉，在美食與古蹟之前，你應該先認識這裡的交通。

身為土生土長的台南人，我自幼在機車坐墊上長大，肆意穿梭於府城古巷間。

我爸告訴我，在台南騎車必須九彎十八拐，行不由道、足不點地，地板就是岩漿，腳落地的人就輸了。

「那遇到紅燈怎麼辦？」年幼的我坐在機車後，天真地擺著雙腿。

「轉彎，不斷地轉彎，鑽進巷子裡，避開所有紅燈。」我爸諄諄教誨。「行雲流水，圓轉如意，這就是府城的榮耀。」

△

這些話我一直牢牢記在心底，奉為圭臬，期許著自己長大成人，帥氣騎上機車的那天。

終於，高中畢業後不久，我在十八歲生日那個週末考到了駕照，我爸買了一台機車給我，並且替我保下高額的保險。

「為什麼要保險？」我疑惑地問。

「你不懂，這叫投資理財。」我爸豪邁地笑著，淨說些我聽不懂的話。

當時的我並沒有在意，第二天就騎著夢寐以求的機車上路。

我原本以為，從小在我爸的耳濡目染下，自己理應能順利適應台南的道路環境。沒想到我第一次上路就遇見了震撼教育。

猶記得那天，台南的交通一如往常的雜亂卻又井然有序。

在一個廢氣四散、喇叭爭鳴的十字路口，我正心癢難耐地等著紅燈。

一陣風颳過，在我意識過來之前，啪的一聲，有某種東西敲到了我的車頭。

我伸出頭一看，嶄新的車殼上出現了一小片刺眼的殷紅。

檳榔渣。

新車受汙，我不由得怒火中燒，抬起頭尋找兇手的身影，只看到一台豪邁125無視紅燈呼嘯而過。

而駕馭那台豪邁的，是一個身穿白色吊嘎、叼著菸的老伯，他甚至沒有戴安全帽。

紅燈一過，我立刻加緊油門直追。

老伯騎得不算快，我很輕易就追上那台豪邁125。

「幹！哩給挖董ㄟ！」我怒喝。

豪邁125猛然煞車，後頭的我險些撞上。

「安怎？」老伯面無表情地下車。

「問我安怎？」我嘿嘿一笑，一面下車一面劈哩啪啦地扳動指骨。

我脫下安全帽，熄了火，轉動鑰匙打開機車後座。

早就知道現在交通很亂，還好我早有準備。

「阿北！」我拿出隨車攜帶的備用安全帽，雙手平舉，九十度鞠躬：「你這樣騎車很危險！這個借你！」

老伯古井無波的臉皮抽動了一下，默默接過安全帽，好半晌才擠出一句話：

「……你是哪裡人？」

「哈哈，我台南人啦！」我露出潔白的牙齒，燦爛笑著，根本十大傑出青年。

老伯搖搖頭，嘆了口氣說道：「現在的年輕人……」

他邊說邊舉起安全帽，然後用力貓在我臉上。

「都是垃圾。」

轟。

頭部遭受重擊的瞬間，我眼前一片空白，回過神來，身體已經成大字型躺在路邊。

腦袋嗡嗡作響，我一時間站不起身。

老伯蹲下身來看著我的臉，沒拿安全帽的那隻手指著後方的十字路口，露出焦黃的牙齒問道：「你剛剛在那邊幹嘛？」

「……停……紅燈……？」我虛弱地回答。

「為什麼？」老伯面無表情地問。

「痾……遵守交通規則？」我皺眉，這算什麼問題？

轟。

安全帽再次以超高速衝撞我的臉，我看到自己的鼻血像噴泉一樣湧了出來。

老伯舉起染血的安全帽，另一隻手拍拍我的臉頰，讓我保持清醒。

「如果每個人平均一天停十次紅燈，一次六十秒，你知道全世界的機車將多排放多少廢氣嗎？」

三、三小？

我完全不敢爬起來。

「你平常就會這樣等紅燈嗎？」老伯厲聲質問。

「痾……我……下次不敢了？」我小心翼翼地回答。

話才剛說完，老伯眼中閃過一絲陰狠，我心裡警鐘大響，瞬間想要舉起手保護臉。

轟。

好快的安全帽。

「嗚噢噢噢喔喔喔……」我捧著臉在地上打滾。

「你知不知道，當你在等紅燈的時候，地球正在哭泣？」

「那你等的時候就熄火嘛！」我痛到整個人都火大起來：「闖紅燈很危險欸！」

「閉嘴！」

安全帽在我眼瞳中急速放大，然後在我臉上爆炸。

我的牙齒終於承受不住這樣高強度的衝擊，悲憤地斷裂。

「莫非為了自己的安危，你要犧牲全世界嗎？」老伯完全忽略熄火的提議，破口大罵：「膽小鬼！懦夫！你媽媽是凸肚臍！你這樣還敢自稱台南人？我在你這個年紀的時候，台南的路上根本就沒有紅綠燈！」

老伯瞪著我，眼裡燃燒著熾熱的火焰。

「遇到紅燈就停下腳步，真正阻礙在前方的，是那盞微不足道的燈，抑或是人類自我束縛的心？」

簡直莫名其妙。

雖然莫名其妙，突然之間，我的靈魂震了一下。

「看看你的周圍吧。」老伯退了一步。

我在他的臉上看見落寞。

「各式各樣的線形圖案盤根錯節地占據大地，名為文明的網，禁錮著台南鄉土，雙黃線、車道變更線、紅線、停車格……以前哪有甚麼停車格？只要熄了火，哪裡都可以是停車位……」老伯的聲音突地沙啞，彷彿用盡了所有力氣。

「……你看看這些停車格的形狀，像不像一個牢籠？」

我愕然。

是啊，就像牢籠。

裡面囚禁著的，是台南人的瀟灑不羈、自由奔放。

啪搭，某種溫熱的液體滴到臉上，我撐開瘀血腫脹的眼睛一看，原來是老伯在哭。

我的心也跟著沉重了起來。

總覺得，好像有什麼很重要的東西，被奪走了。

「幾年前台南變成了直轄市，最近蓋了夢時代，聽說將來還要建捷運……」老伯一時間彷彿失了神，喃喃道：「現代化的府城啊……日新月異的規範與紀律像是一道道枷鎖，束縛了台南人無拘無束的心。還有多少人記得，那一度馳騁在古都大地上，凌駕一切交通規則的，台南人的驕傲……」

看著老伯滄桑的表情，我好像也可以體會他的心情了。我深深吸了一口氣，呸的一聲吐出斷牙。

「我說阿北。」我坐起身，看著天空：「我從以前就是個膽小的孩子，連騎腳踏車都會戴安全帽，遇到紅燈會停，偶爾在比較大的路口也會兩段式左轉，就連最近練習開車的時候也一定會繫上安全帶，簡直窩囊透了。」

我雙手按著膝蓋，努力撐起自己的身體。

「然而，即使是這樣的我，要說到愛台南的心，是絕對不會輸給任何人的。」

我搖搖晃晃地站穩腳步，努力挺直了腰桿，露出燦爛的笑容：「所以阿北，如果你願意相信這樣的我……台南的未來，就包在我身上吧。」

我走到機車旁邊，拎起掛在後照鏡上的安全帽，扔進路邊的草叢。

已經不需要了。

從今以後，我會用自己的力量守護自己。

然後，也守護這個城市。

「我一定會成長為一個出色的台南人的。」

俯視著蹲在原地的老伯，我許下承諾。

那是台南世代傳承的約定。

「就憑你？」老伯站了起來，也扔掉沾滿鮮血的安全帽。

「就憑我。」我挺起胸膛。

老伯笑了，他跨上豪邁125，背對著我。

「雖說不抱期待，還是讓我見識一下吧。」扔下這句話後，豪邁125轟隆發動，揚長而去。

目送著他離去的方向，我注意到不遠處的前方還有一個紅燈。但是我知道，真正的台南人不會被區區紅燈所阻礙。

能讓台南人停下腳步的，只有交通警察。

「停車，駕照拿出來。」

「混帳！你們是哪裡人？」

「先生，請你配合臨檢。」

「幹什麼！？放開我！你們這群兔崽子，我出來馬路上混的時候你們還沒出生咧！放開我！」

「如果你堅持拒絕酒測，請跟我們到警局走一趟。」

老伯一面與交警拉扯，一面被戴上手銬，掙扎中回頭看向我。

「少年仔！台南的未來！我跟你約定好了！約定好了啊！」

「……」我看著老伯被架走的身影，默默從草叢裡撿回安全帽，然後戴上。

老伯難以置信地瞪大眼睛。

「安全第一嘛。」我對老伯遙遙豎起大拇指。

一直到今天，我都是個守法的台南人。

二　高雄交通

在家鄉的歷練過後，我徹底成長蛻變，掌握了車風飄逸的精要，在不違法的範圍內盡情放縱。

直到大學時在高雄念書，我對騎車的概念再度改觀。

有別於台南的輕靈飄忽，高雄的車速沉猛霸道。

若說台南的騎士像敏捷狡詐的狐狸，在交通規則狹縫間悠遊穿梭；高雄的騎士就是勢大力沉的猛虎，以君臨天下的姿態在馬路上昂首闊步。

大學時的我迫於生計，兼職了許多家教，每日數次往返於路大車快的中正路上，火急火燎地趕往不同的上課地點。

通勤時間分秒必爭，我的車速也日復一日地提升，每天都上演著驚心動魄的玩命關頭。

某個星期一晚上，學校教授對於下課鈴聲持續裝聾作啞，再度讓我瀕臨家教遲到邊緣。

我好不容易飆到家教班門口，剛好找到一個停車位，正準備停車。

就在這個摩門特，我感覺到背後一股強大的撞擊力襲來。

「幹……不可以……從後面……」敏感如我大吃一驚，手掌收緊，油門直接暴走。

所幸我同時也抓住了煞車，不然可能已經衝到台北了。

就這樣刷刷刷往前滑行了一小段路，我還是失去平衡翻車，整個人離開坐墊表面，飛越龍頭，直衝天際。

雖然沒有衝得很高，我還是在空中優雅地轉了一圈。

高雄汙濁的天空映入眼簾，我彷彿看見一道光。

上帝啊，你終於要將我召回你身邊，從貧困的家教地獄中解脫了嗎？

「想得美！你的貸款還清了嗎？」上帝怒喝一聲，將我拍回地面。

碰！我眼神渙散地摔在地上。

所幸是背部著地，裝滿沉重書本的背包吸收了大部分衝擊力，不然下次上班就可以去停路邊那個空很久的殘障車位了。

我嘗試站起身，感到一陣腿軟，屁股又摔回地面。只好先坐在地上拿掉安全帽，順便轉頭看看是哪個混蛋趁我不注意時偷肛我。

我發現身邊一個人都沒有。

街邊日本料理店的人們面不改色地吃著生魚片。

路上車水馬龍，人群川流不息、絡繹不絕，誰也沒有為了我停下腳步。

我一霎間全懂了。

那種感覺就像是在路上看到人家跌倒，怕他覺得尷尬所以故意假裝沒看到吧？

高雄真是個溫暖的城市。

恢復力氣後，我站起身四處張望了一下，大家都很淡定地繞過我倒在地上的車，真不愧是高雄人的豪邁日常，這也許算是高雄式的成年禮吧？

從今天開始我也算半個高雄人了，不管是誰撞了我，謝謝你的歡迎。

我扶起機車，只有車殼擦掉了一點漆，右邊後照鏡還是我在半空中的時候自己用屁股撞歪的。

這個時候，一個阿姨在路邊停下機車，一臉關切地跑了過來。

「你有沒有怎麼樣？」阿姨問。

我嘆了口氣。

阿姨，妳是新來的吧？

「別擔心，總有一天妳也能像我一樣。」我安慰她。

「……阿弟仔，你有沒有撞到頭？」阿姨滿臉疑惑。

「繼續努力，用不了多久阿姨妳就會明白的。」我拍拍阿姨的肩膀表示勉勵。

「要不要我幫你叫救護車……」阿姨還在那邊欲言又止，卻被我揮手打斷。

「阿姨，這種東西是講求機緣的，強求不得。」我面色嚴肅：「我只能洩漏到這裡為止，妳境界沒到，再多說反而是誤了妳的修行。」

要是養成了阿姨投機取巧的心態就不好了，畢竟成功無捷徑，沒受過傷要怎麼成長？

告別了初出茅廬的阿姨，我趕緊上樓教課。

上課期間，我在寫白板的時候，右邊肩膀似乎有點興奮過度，一直喀喀嘎嘎叫個不停。

我狠狠地轉了肩膀幾圈，肩膀劈哩啪啦地一串爆響，才終於安分下來。

學生們目瞪口呆地看著我。

「老師我啊，今天獲得成長囉。」我高興地跟學生分享：「你們將來也要成為合格的高雄人啊！」

☖

真正教會我高雄騎車精神的，是我的大學同學，原生高雄人金暢秋。

金暢秋每次看到我騎車，都是滿臉的恨鐵不成鋼。

「騎車拐彎抹角、慢不拉機的，簡直像個娘們一樣，小家子氣的男人成不了大器。」

「我已經貼著速限在騎了欸。」我反駁。

「速限越慢，車則快。」金暢秋冷笑。

金暢秋是血氣方剛的港都男兒，坐駕是自己改裝的混血車，車殼上貼滿了

「盡心盡力」、「千辛萬苦」、「莫忘初衷」等極具個性的文字貼紙，像是戰馬身上披掛著的勳章。

「男人騎車，要快，要帥，要能改，而且要能大改，這是男子漢的浪漫。」他是這樣說的。

有次我們兩個約到西子灣看夕陽，金暢秋一起步就把我遙遙甩在後頭，生怕被人追上似地。

等我抵達目的地，金暢秋已經靠在海堤上吹風抽菸。

「你都沒有在管速限的嗎？」我忍不住問。

「速限已經限制不了我了。」金暢秋得意地挑了挑眉毛。

「不怕被開單啊？」我問。

「我剛學會騎車的那個月也是橫衝直撞的，從一心路到十全路，每間派出所都有我做過的筆錄。」金暢秋微笑：「後來我才學會一件事。」

「什麼事？」我問。

「只要我騎得夠快，測速照相機就追不上我。」金暢秋吐出一口菸。「天下交通，無堅不破，惟快不破，這是港都的驕傲。」

西子灣的夕陽豔紅若血，紅光襯得金暢秋的金髮閃閃發亮，就像一尊從天而降的戰神，充滿不可一世的陽剛美。

我不禁有點感動，立志要成為金暢秋那樣帥氣的男人。

「金暢秋。」

「嗯？」

「要騎多快，才能算是真正的高雄人？」

「至少也要快到，連自己都追不上自己。」

⌂

就這樣，我挾帶著台南人天賦異稟的血液，日復一日在港都街頭磨練技藝。大學畢業前，我終於達到剛柔並濟、人車合一的境界，自負天下再沒有我無法駕馭的城市。

直到我去新竹唸研究所，才瞭解到自己的見識是多麼的狹隘。

三　新竹交通

傑森是我高中同學兼死黨，大學到碩士都在新竹，是資歷深厚的新竹老司機。

他得知我即將搬到新竹念書後，馬上說要教我怎麼在新竹騎車。

「為什麼？新竹的交通規則跟其他地方不一樣嗎？」我疑惑。

「南部那一套在這裡是行不通的。」傑森在電話那頭說：「我真的很怕你明天就橫死街頭，我看找個機會帶你繞一繞好了。」

「好啊，不然大家約出來吃個飯。」我心中頗不以為然。

「晚上七點光復路上的披薩店集合，騎車小心。」傑森交代。

「安啦，你真以為我不會騎車？」我失笑。

我自以為是的瀟灑很快被殘酷的現實粉碎。

第一次在新竹上路，就被兇殘的車況給深深震撼。

新竹地形以山坡及丘陵為主，地勢起伏劇烈，道路崎嶇，路況可以說是步步驚心，險象環生。

台灣世界第一的交通事故死亡率果非浪得虛名，每個城市都有自己的貢獻。

這裡的道路曲折顛簸猶勝府城，車速卻也絲毫不遜於港都。

路口飆風肆虐，人車齊晃；線道分野不明確，機汽車爭道，玩的就是心跳。

在我的印象中，台南一向就是交通最兇險的城市，唯有在地人能憑著第六感一樣的直覺閃過一台又一台違規的車輛，在殺機四伏的古都街道上苟延殘喘。

然而新竹的騎士身上帶有一種難以言喻的剽悍氣息，讓早已見慣各式各樣交通違規的我第一次體會到恐懼。

那天夜裡，暴雨傾盆，迂迴的寶山路宛若惡龍，千迴百轉地盤踞在十八尖山上。

我跟傑森在十字路口前等著紅燈，短短十幾分鐘的車程已經讓我像受驚的小貓一樣瑟瑟發顫。

猛然間，一個大嬸從轉角處逆向飆出，捲燙的長髮迎風飄動，絕塵而去。

看著大嬸的freestyle交通規則演繹，我不禁肅然起敬。

她背影之瀟灑，飄移角度之豪邁，彷彿已將生死置之度外。

這就是新竹。

風城，瘋城。

⌂

「這樣騎，不怕摔車嗎？」我催著油門的手微微顫抖。五分鐘前我們經過狹窄曲折的水源街，與對向來車驚心動魄的零距離會車仍讓我心有餘悸。

「車在新竹飆，哪有不摔跤？」傑森淡淡說道：「在新竹騎車沒摔個十次八次，走出去都不好意思跟人家打招呼。」

此刻的他正跨坐在機車上，氣定神閒地翹著腿，一手搭著龍頭，一手提著連鎖店的披薩盒。

「可是之前網路票選全台交通危險城市，我沒看到新竹啊？」我茫然。

「真正摔車的人，會有心情上網投票嗎？」傑森冷笑。

言之有理。

「那麼，在新竹到底怎麼騎車？」我虛心求教。

綠燈。

傑森瞇起眼睛。

「其實訣竅很簡單，人要比車兇。」

下一瞬，傑森連人帶車衝出，迅疾的身影雷霆般劃破雨滴，捲起螺旋狀的水氣。

我趕緊跟上，雨水模糊了視線。

「這樣騎車會出事吧？」我在獵獵風聲中大吼，風雨隨即灌入口中。

「你的車有發抖嗎？」傑森冷冷地問。

「沒有。」我愕然。

「那你怕什麼？」傑森油門催到底。

機車引擎咆哮，我們隨著車潮在大雨中衝刺、急轉彎、衝刺、急煞、衝刺、甩尾轉彎、衝刺、衝刺、衝刺……

山路陡峭，雨地濕滑，任何一絲細小的疏忽都可能釀成車毀人亡的大禍。周遭越來越安靜，我聽到了自己劇烈的心跳聲，神經緊繃至極限。

嘰——碰！

突然間，輪胎與地面的刺耳摩擦聲響起。

半空中，披薩盒迴旋飆出。

在一次急轉彎的過程中，傑森猛地煞車不及，撞散路邊一座鷹架，車身傾倒滑行，在地上刮出二十公尺長的火花。

「你沒事吧！？」我停下車，焦急地跑上前關心。

大雨中，傑森面無表情地站起身，拍拍身上的灰塵，然後扶起摩托車。

他的側腹晃呀晃地插著一根鋼管。

「你的肚子……」我張大嘴巴。

鋼管前端刺破了皮肉，然後整根九十度彎曲，彷彿撞到了堅硬無比的事物。

傑森似乎感覺不到痛，輕描淡寫地拔出鋼管，哐啷一聲丟在地上。

「是肝。」

他仰起頭，任憑瀑布一樣的大雨澆在臉上，水漬在臉上蜿蜒，分不出是雨水還是淚水。

「新竹最多的就是工程師，肝都硬成這樣了，我還怕死嗎？」他輕聲說道。

我愕然。

難怪新竹人騎車這麼瘋。

傻的怕愣的，愣的怕瘋的，瘋的怕不要命的。

「死了是不是就可以睡覺了……」傑森的臉上掛著濃濃的黑眼圈。

我默默撿起地上的披薩盒，兩人騎車回到租屋處，一邊看電視一邊吃完披薩。

我咀嚼著完好無缺的披薩，也咀嚼著來新竹生活一個多月的心得。

——一個連披薩盒都這麼強的城市，你惹不起。

四　台中交通

說到台灣交通，我不得不提一下中哥。

中哥是我大學室友，每學期都會翹課一週騎車環島，對台灣各地交通狀況爛熟於胸，是我心目中當之無愧的車神。

中哥嫉惡如仇，只要在馬路上看到三寶，必然狂按喇叭以示警告，整治台灣交通亂象。

路上三寶多如牛毛，中哥的喇叭也就響徹雲霄，從鵝鑾鼻一路響到富貴角，激昂的喇叭聲宛若一場盛大的交響樂。也因此中哥得到了一個外號，叫「板橋喇叭手」。

這樣一個拉風的男人，卻只有在經過台中的時候，會連人帶車開啟靜音模式。

「你難道沒在台中按過喇叭？」我疑惑地問。

「一次，我就按過那麼一次。」中哥的笑容中帶著幾許落寞、幾許滄桑。

他喃喃說道：「那一次我終於沒能忍住。」

中哥的墨鏡底下，一道猙獰的刀疤若隱若現。那是中哥最後一次環島，他的愛車已經化作一團廢鐵。

⌂

從那時起，我對台中就一直抱持著莫名的恐懼。

除此之外，關於台中的各式傳說我也時有所聞，社會新聞中一次次黑幫火拚、血腥衝突，無不圍繞著這口南北交會的大熔爐。

台中有三寶，消波塊、金錢豹、慶記吃到飽。

不知不覺間，這座魔都儼然成了台灣人心目中不可侵踏的禁地。

然而這些年來，我已經駕馭了新竹的風，征服了高雄的浪，掌握了台南的自由奔放。

如今的我，終於有勇氣探索中哥所說的罪惡城市、殺戮之都。

出發前，我還謹慎地打聽了關於台中的資訊，得到的答案令我膽顫心驚。

「每個消波塊內，都有一個靈魂。」有人語重心長。

「我到台中唸大學的時候，才知道外地人可以拿學生證去區公所領槍。」也有人言之鑿鑿。

「在台中閉上眼睛隨便開一槍，都能打中另一個正好也在開槍的人。」更有人拿出莫名其妙的統計數據。

「大家都誤會台中了，這裡明明就是個熱情而美麗的城市！」只有安妮氣噗噗地反駁。

安妮是我的台中朋友，她知道我要調查台中的事後，自告奮勇擔當導遊。

「你搭哪一班車？我去接你！我要徹底校正你對台中的錯誤認知！」安妮在電話中大吼。

隔天早上，安妮依約騎車到火車站來載我，她騎著100cc的小綿羊，頭上乖乖地戴著安全帽。

「諾。」安妮遞出一頂安全帽。

「謝啦。」我戴上，開玩笑地說道：「是不是要穿防彈背心啊？」

「北七喔？不要聽網路在那邊亂講啦。」安妮翻白眼，噘著嘴說道：「這邊開槍都打頭的，穿那種東西有什麼用？」

我愣住。

「走囉，我帶你體會一下台中的風土民情。」

我戰戰兢兢地上車，安妮車速不快，也相當遵守交通規則，讓我的心短暫地平靜了下來。

兩分鐘後，安妮突然說道：「抓穩啊。」

鏗哐喀喀喀喀……

機車突然像鑽地機一樣開始瘋狂震動。

「地震震震震震震！？」我一邊抖一邊說話。

「這邊是文心路，路面顛簸，外號台中大怒神，別說話，小心咬到舌頭。」安妮解釋。

我低頭看了一下路面，簡直大開眼界。

雖然台灣很多路都鋪得極爛，我還是第一次見到直接鋪成波浪狀的，根本裝置藝術。

「說好的路平專案呢？」我問。

「啊哈哈哈哈！你怎麼這麼幽默啊？」安妮笑得眼淚都流了出來。

就在我震到快脫肛的時候，小綿羊終於遇到紅燈而停住。

「路不平，何以平天下？」我一面揉著麻掉的尾椎一面說道：「難道都沒有人抗議嗎？」

「當然有啊。」安妮指指地下，表情有些感傷：「他們都為路平貢獻了一分心力。」

「……什麼意思？」我毛骨悚然。

安妮沒有回答我的問題，避重就輕地說道：「不過路也不是沒平過啦，照四年一次的週期來算，可能很快就會平了。」

「為什麼？」我不解。

「那可是名為選舉的魔法喔。」安妮在嘴唇前面豎起手指，神祕兮兮地笑。

我還欲追問，一陣劇烈的碰撞聲響傳來。

在前方的路口，兩台轎車發生了追撞。

前車車門打開，走出一名身穿西裝的中年人，皺起眉頭檢查車況。

後車的車門猛地被踹開，一個年輕小伙子拎著鋁製球棒下車，沉著臉朝中年男子大步走去。

小伙子脖子上掛著一條金項鍊，穿著黑色吊嘎，裸露的雙臂上滿是刺青。

「哇！」安妮讚嘆：「這麼有禮貌的小朋友現在不多見了。」

我還沒會意過來，只見小伙子舉起球棒，猛然砸在自己的膝蓋上。

鏘！

球棒彎曲，小伙子抱著膝蓋跪了下來，痛得額頭冷汗直冒。

「大哥，是我有眼無珠，對不起！」小伙子咬牙道。

中年男子溫和地點點頭，將掌中的手槍收回後腰。

「沒關係，人都有不小心的時候，以後多注意點就好。」

「謝謝大哥，我真的知道錯了，以後絕對不會再犯……」小伙子鞠躬哈腰地道歉。

沒等他把話說完，中年男子從懷中掏出一疊鈔票，輕輕放進小伙子胸前的口袋。

「大、大大大哥……」小伙子激動得頻頻搖頭，說不出話來。

「這是車的維修費，還有你的醫藥費，下半輩子沒有手，就不要開車了，記得腳踏實地的活著。」中年人語重心長地交代。

手？他受傷的不是膝蓋嗎？

小伙子嗚嗚嗚地哭了起來，神色淒絕。

「看吧！台中人都很nice的！」安妮高興地對我說。

她話聲未絕，颼風擦過耳邊，一道巨大的身影瞬間將車禍現場壓爛。中年人也好，小伙子也好，全在一瞬之間慘遭輾斃。

我揉揉眼睛。

只見一輛血跡斑斑的大客車「降落」在十字路口，車內一片血肉模糊，像一盒劇烈搖晃過的樂天小熊餅乾。

「啊，差點忘了跟你說，台中的公車司機都很有同理心，為了替乘客節省時間，比起外縣市開得稍微快一點。」

開得稍微快一點？

我一直以為，台灣馬路上最不講理的車種是計程車。

今天我才知道，只要有心，大客車也可以開到飛起來。

「厲害吧？如果下雨天淹水，還能看到公車乘風破浪的畫面，可以說是陸海空三棲的全方位車種。」安妮自豪地說道。

原來台中最危險的不是黑道，不是慶記，是公車。

若說花式自摔的機車騎士是移動式神主牌，這裡的公車就是翱翔在天際的亂葬崗。

「……安妮，我突然有點不舒服，想回家了。」來到台中短短幾分鐘，我的內心已經萌生退意。

「蛤？我們才剛開始欸……」安妮詫異地說道。

「我……痾……有點暈車。」我隨口胡謅。

善解人意的安妮點點頭，遺憾地說道：「好吧，我幫你叫車？」

「麻煩了。」我鬆了一口氣。

「那你先休息一下。」安妮把機車停在路中間，逕自走到路邊，撿起一塊紅磚。

一陣不祥的預感湧上心頭，我顫聲問道：「妳要幹嘛？」

「叫車啊。」

安妮舉起磚塊，猛然砸在路邊一間餐廳的櫥窗上。

哐啷！

玻璃爆碎，殘渣飛濺。

餐廳裡的人繼續泰然自若地活動，端菜的端菜，用餐的用餐。

我簡直目瞪口呆。

十幾秒後，街角處一陣警笛聲響起。

「這邊！」安妮興奮地對警車揮手，好像在招計程車一樣。

她笑嘻嘻地把磚頭放在我的掌心。

「車來了。」

「嗯。」我臉色蒼白地點點頭。

安妮，在我的家鄉，這種車叫警車，一般來說不會當成計程車來用。但是我沒有說出來，因為我已經明白了。

台中的交通真的一點都不危險。

因為打從一開始，台中人對「危險」兩字的定義就跟我們不一樣。

「知道路嗎？」安妮親切地問。

看著她天真無邪的笑容，我不禁納悶，這樣活潑可愛的女孩，究竟是如何在這座城市長大的？

我嘆了口氣，看著手機中的地圖說道：「大概知道，等等沿著台灣大道……」

「大你媽雞巴毛，那條路叫中港路。」

我愕然。

「中、港、路，聽清楚了嗎？」

安妮甜甜地笑著，眼神森然。

「再講錯一次我就用辣椒醬幫你灌腸，讓你接下來一週都無法順利尬賽喔。」她說著說著，真的從機車後座拿出一瓶特大號的東泉辣椒醬，瓶口油亮圓潤，看得我菊花一陣熱辣。

我閉上嘴巴，轉身上了警車。

「你回新竹後，記得寫一篇文章幫台中洗白啊！」安妮在身後愉快地揮著手。

我點點頭，看著車窗外風景飛逝，一陣無力感湧上心頭，眼淚潸然流下。

經過這次旅程，我學到了一件事。

台南人騎的是技術，高雄人騎的是速度，新竹人騎的是命數。

台中人騎的是覺悟。

一種看破生死的覺悟。

人生自古誰無死？車到文心轉中清。

台中，respect。

五　蘇花公路

台灣蘇花公路，也許是世上最窮凶極惡的車道。

此地落石四起，砂石車橫行，絕壁斷崖更是四處可見，素有「死亡公路」的美名。

據說好萊塢知名電影《玩命關頭》原本要到台灣取景，不料劇組在蘇花公路搭了一趟客運後，集體遭受嚴重精神創傷，兩位硬漢巨星雙雙嚇成光頭，只好作罷。

△

除去一些特殊狀況，平時機車是不能上蘇花的，然而今夜不一樣。

四輛不怕死的車，四個不要命的人。

他們都想看看，誰才是台灣道路上真正的車神。

來自新竹的傑森，武裝色肝硬化的Gogoro。

出身台中的安妮，100cc防彈小綿羊。

縱橫台南的老伯，歷久不衰的豪邁125。

走跳高雄的金暢秋，面目全非的改裝車。

為了見證台灣馬路王者的誕生，我特別拜託前任車神中哥騎著他新買的檔車，載我跟在四人後頭記錄賽況。

四人在紅綠燈前一字排開，蓄勢待發。

「十、九、八……」我看著號誌燈上的數字讀秒。

突然，豪邁125的引擎咆哮一聲，率先衝出。

所有人一陣錯愕。

「我視力不好，看不見紅燈啦哈哈哈哈！」老伯一邊蛇行一邊仰天狂笑，轉眼間已經變成遠方一個小點。

「……三、二、一，綠燈！」我揮下手。

傑森跟安妮雙雙飆出，只剩下金暢秋留在原地。

「別說我欺負你們，讓你們三十秒。」金暢秋雙手盤在胸前，輕蔑地冷笑，真的是有夠暢秋。

三十秒後，改裝車蛟龍出海一樣呼嘯而出。

「好快！」我驚呼。

「高雄人騎車不是快，是慢不下來。」金暢秋加速，幾乎化作一道風。

眼看他就要超過前車，安妮車身突然向右一晃。

金暢秋大駭，緊急煞車，差點失去平衡翻覆。

「妳沒打方向燈喇幹！」金暢秋怒道。

「在台中，我們只打人，不打燈。」安妮冷酷地說道。

兩人爭執間，一陣大風突地襲來，颳得眾車紛紛一晃。

只有傑森的Gogoro絲毫不受影響，在氣流狹縫中逆風遊走。

「新竹的孩子，是風的孩子。」傑森孤傲地笑，龍頭一提，車輪居然微微離開地表。

貼地飛行的風之子很快就追上了作弊超前的台南老伯。

「臭老頭，你是不是看不懂交通規則？」傑森冷然問道。

老伯縱聲狂笑，將腿翹在儀表板上，模樣極為囂張。

「每個台南人心中，都有一套自己的交通規則！」老伯迎著風，臉色紅潤，一副意氣風發的模樣。

在這個男人五十多年的生命中，從來沒有停過任何一個紅燈，沒有禮讓過任何一個行人。

「我們是最自由的騎士！誰都不能束縛我們的心！誰都無法限制我們的靈魂！」

傑森點點頭，左手一揚。

「很好，今天我就教教你馬路的規矩。」

幾道柔軟的白絲隨風飄動，竟纏住了老伯的脖子。

「是見血封喉的金屬絲線！？」我驚疑不定。

「不，是米粉，新竹米粉。」傑森搖頭。

Q彈的新竹米粉纏住無拘無束的的台南老伯，拉得豪邁125左搖右晃。

傑森猛力一扯米粉，老伯屁股瞬間騰空。

豪邁125頓時失去控制，脫離車道，摔下了懸崖。

「不要啊啊啊啊！」

老伯眼睜睜看著愛騎摔落山谷，忍不住在半空中嚎啕。

傑森又一扯米粉，想將老伯扯到自己後座上。

不料老伯張開嘴巴，自己咬斷了米粉。

傑森面色一變，看著老伯隨著米粉甩動的慣性飛向斷崖。

老伯從出生到現在，還沒有用自己的雙腳走路過，連在家裡上廁所都要騎車去。這台豪邁125已經是他靈魂裡不可分割的一部分。

「車在人在……車亡……人亡……」老伯淒然一笑，斷線風箏一樣墜落山谷。

戰況激烈，安妮與金暢秋緊跟在後。

「嚐嚐高雄的太陽餅！」金暢秋拿出一塊圓形物事，飛盤一樣朝安妮擲出。

他哈哈大笑，以為這樣可以引開安妮的注意力。然而安妮冷哼一聲，眨都沒眨一下眼睛。

「台中人根本不吃太陽餅。」她鬆開龍頭，雙手高舉兩罐玻璃瓶：「想嚐嚐台中真正的特產嗎？」

金暢秋瞪大眼睛。

哐鏘！

玻璃瓶在空中交擊碎裂，醬紅色的液體潑灑而出。

是辣椒醬。

緊跟在後的金暢秋閃避不及，淋得滿臉殷紅。

「幹！好痛！」金暢秋失去視力。

「不愧是連單吃辣椒醬都要再沾辣椒醬的戰鬥民族。」我讚嘆。

然而金暢秋車速不減反增，猛催油門。

「害怕的時候，閉上眼睛就不會怕了。」他盲目地咆哮：「現在的我，看不見未來啊啊啊啊啊！」

安妮猛地一催油門，排氣管噴出紫色的汙煙。

「是毒氣！？」我驚疑。

「什麼毒氣？這叫紫色台中愛。」安妮甜美地微笑。

金暢秋的身影很快淹沒在紫色的瘴氣中。

下一秒，改裝車破霧而出。

「這種程度也想毒死我？妳以為高雄已經空汙幾年了啊？」金暢秋咧開嘴巴大口呼吸，將毒氣全部吸入口中。

安妮訝異地張大嘴巴。

「不要小看幸福城市啊！」金暢秋豪邁地笑，就像一個浴血的狂戰士。

轟隆。

高空中一道驚雷劈落，大地震顫。

山崖上數十顆巨岩隆隆滾落，隕石一樣墜落在車道上。

蘇花公路最惡名昭彰的關卡，落石。

傑森跟安妮各自展現靈活的控車技巧，在漫天落石裡穿梭。飄移蛇行只是在台灣騎車的基本功，然而金暢秋雙目已盲，很快就被落石砸中，當場雷殘。

一陣混亂後，安妮追上了傑森，兩車並肩。

「喂，你是不是不怕死？」安妮問道。

「怕死的人，怎麼在台灣騎車？」傑森面無表情。

「不對。」安妮搖頭：「我就很怕死。」

「就是因為怕死，我在台中的每一天，都當成最後一天在活。就是因為怕死，我跟家人說的每一句再見，都飽含最深的思念。」

安妮縱聲長嘯。

「就是因為怕死，我才能夠逼自己克服險惡的路況，成為凌駕一切的車神！對生命沒有熱情的人，怎麼可能贏過我？」

傑森張開嘴巴，似乎想說什麼。

「噗！」他猛地嘔出一口血，眼神黯淡。

宛若累積已久的山洪爆發，長年熬夜加班對身體造成的巨大負荷，在這一刻終於發生反饋。

失去鬥志的Gogoro緩緩停佇。這位疲勞駕駛的工程師已經喪失了意識。

「在新竹的日子，很辛苦吧？」小綿羊超越Gogoro的時候，安妮輕聲呢喃：「有空的話就來台中玩吧，我帶你去吃美食。」

傑森沒有說話，在睡夢中靜靜地流淚。

生活在新竹的他，已經太久太久沒有聽到美食這個詞。

賽道終於只剩下最後一台車，最後一段路。

這段路又直又平，可以說已經分出勝負。不料安妮車身搖晃，無緣無故居然從車上摔了下來。

「發生什麼事了？」我皺眉。

安妮在地上翻滾了幾圈，神色痛苦地扶著地面，一時間竟站不起身。

「是暈陸症。」

她說完，開始反胃嘔吐，在柏油路面上吐出一大灘辣椒醬。

我恍然大悟。

長時間生活在船上的水手，身體已經適應了海面的晃動，在著陸的時候反而會感到暈眩。同理，一生都騎在崎嶇道路上的安妮，突然遭遇了平坦的道路，腦內平衡系統失調，導致平地自摔。

結果大出我意料之外，四名獨霸一方的車手，竟無人能騎到最後。

終點線上，只剩下一台車。

最後獲勝的人，竟然是一路不語的中哥。

車神畢竟還是車神。

「你是怎麼辦到的？」

我下了車，內心充滿景仰。

接下來中哥說的話，我一輩子都不會忘記。

我在環島的旅途中，看遍了台灣各地的亂象。

我經歷過東部山豬橫行，外島海豚飛起，中橫公路砂石遍地。

我遭遇過三重刀光劍影，沙鹿槍林彈雨，台北通勤時段動物大遷徙。

我見證過彰化人騎肉圓，新竹人騎貢丸，嘉義人去吃火雞肉飯還騎火雞。

你有看過九份的公車在山路上衝浪嗎？我還以為自己會分成九份回家。

你有搭過忘憂森林的黃泉接駁車嗎？我嚇到差點當場失智，忘卻一切憂傷。

繞了台灣好幾圈，我卻還是活得好好的，你知道訣竅是什麼嗎？

重點不是「該做什麼」，而是「不做什麼」。

我不酒駕，不違規，不搶快，不賭氣，心平氣和，戒慎恐懼。

不論你在馬路上如何逞兇鬥狠，在人生的道路上，平安才是最大的勝利。

成為車神的祕訣，其實就只有這樣而已。

中哥說完，騎著檔車漸行漸遠。他的背影在我的視線中模糊，我感動得無以復加。

「我明白了，我以後騎車一定會注意安全的。」我在Line上這樣寫道。

叮咚。

遠方，中哥低頭拿出手機查看。

磅。

他撞上路邊一根電線杆。

「騎車的時候不要滑手機啦幹。」我嘆了口氣：「台灣人真是講不聽欸。」

貳——美食

一　台南：美食之都

「台灣小吃冠天下，台南小吃冠台灣。」這簡單明瞭的一句話，奠定了台南美食霸主的地位。

台南美食不勝枚舉、數不勝數，即使是同一種料理，不同店家也往往有不同口味，各有各的忠實擁護者。

奇妙的是，你隨便問一個台南人，台南最好吃的小吃在哪裡，都會得到一個相同的答案——「我家巷口」。

每個台南人家的巷口似乎都有間小吃店，裡頭什麼都有、什麼都賣、什麼都不奇怪，令外地人百思不得其解。

作為一個台南人，我身上流淌著美食之都的純正血液，自幼就接受最嚴謹的家族訓練。

還記得小時候，我吃過一間牛肉湯，滋味鮮甜，至今仍令我念念不忘。

一次到舅舅家玩，我提起那間店，隨口說了一句：「那間牛肉湯大概是台南最好吃的牛肉湯了。」

啪！

剎那間，餐桌上湯水飛濺，我被舅舅一巴掌搧倒在地。

「那都是觀光客在吃的，我家巷口屌打。」一向慈祥的舅舅神情冷漠地看著我。然後他強拉著我，去吃了他家巷口的牛肉湯。

那間店家的湯頭甘美，肉質細嫩，吃得我唇齒留香，果真是好強的牛肉湯。

回家後我把這件事告訴我爸。

「舅舅家巷口的牛肉湯大概是台南最好吃的吧。」我說。

啪！

我又一次倒在地上。

「那都是觀光客在吃的，我家巷口屌打。」我爸用憤怒的眼神瞪著我。

「我們家巷口有牛肉湯？」我錯愕地扶著臉頰。

然後我爸就拉著我去吃不知道什麼時候開始營業的牛肉湯。

可惜當時我還小，沒有把那間店的位置記起來，後來搬過一次家，我也漸漸忘記這件事。一直到了國中，我開始自己騎腳踏車到處亂跑，才又想起那間牛肉湯。

「那間牛肉湯大概是全台南最好吃的牛肉湯了吧？」我說。

啪！

強烈的衝擊震撼頭顱，我爸又一次把我摑在地上。

「那都是觀光客在吃的，我家巷口屌打。」我爸冷冷地說。

「啊搬家前你不是說……」

「閉嘴！」我爸痛心疾首地大喝：「你不配當台南人！我沒有你這個兒子！」

「三小？」我扶著多災多難的臉頰，心中充滿不解。

「滾！你給我滾！」我爸抓起一把冰糖，用力砸在我身上，將我連滾帶爬地轟出家門。

「在你找到台南最好吃的牛肉湯前，不要給我回來！」我爸碰的一聲摔上門。

隔壁大嬸聽到爭吵聲，打開門出來看熱鬧。

「怎麼啦？」大嬸看見倒在地上的我，關切地問。

「我爸說我家巷口牛肉湯才是台南最強牛肉湯。」我悵然說道。

「鬼扯！那都是觀光客在吃的，我家巷口屌打，呸！」大嬸雙眉怒豎，在我臉上啐了一口濃痰。

靠北，我們不是住在同一條巷子嗎？

還有我們巷口根本沒賣牛肉湯啊幹！國王的牛肉湯逆！

⌂

巷口到底有著什麼樣神奇的魔力，使得每個台南人都深深為之著迷？

一直到很久以後，我才知道事情的真相。

我研究所時期在新竹求學，身在外地，總是能聽見來自各縣市的人們對台南美食的憧憬，其中也不乏錯誤的謠言。

比如台南人早餐都吃牛肉湯、台南交通號誌都是照明用、台南人都講台語、台南人髒話都罵得很流利、台南人都住在古蹟裡面、台南人吃很甜、台南人吃超甜、台南人吃東西爆幹甜。

每次聽到這些話，我總是忍不住嗤之以鼻。

所以說外地人就是外地人，什麼都不懂。

甜？你們真的知道什麼叫做甜？

我研究所同學阿強是桃園人，從小在桃園長大，大學到研究所都在新竹念書，人生中從來沒有去過南部。他總是對台南抱有許多不切實際的幻想，整天在我耳邊絮絮叨叨台南的好。

那天夜裡，風飄飄，雨瀟瀟，我跟同學阿強走在清冷的校園中。

「我聽說台南物價很便宜，一百塊就能吃一個禮拜欸。」

「是比北部便宜，不過也沒那麼誇張。」

「我聽說台南東西超好吃，去台南吃過就不想回家了欸。」

「是滿好吃，不過也沒那麼誇張。」

「我聽說台南人騎車都不看紅綠燈，好帥氣啊！」

「……是沒那麼誇張，不過真的很多人不看。」

「啊啊……為什麼我不是台南人呢？如果我出生在台南該有多好？」阿強感慨地說道。

突然間，我腳步一陣踉蹌，險些跌倒。

「怎麼了？」阿強急忙扶住我。

「太久沒回台南，血糖有點低……」我的眼前一陣白茫茫。

我蹲下身子，從口袋中掏出一只螞蟻，輕輕放在地上。

那是我們家鄉的指南針。

「幫我帶個信息，就說我要回家了。」我輕輕戳了戳螞蟻。

螞蟻擺了擺觸角，搖搖晃晃地走了起來。

「最好牠是可以這樣走到台南啦。」阿強失笑，在地上扔了一顆糖果。

螞蟻不屑地用鼻孔噴氣，連看都沒看一眼，執著地朝南方前進。

阿強詫異地睜大眼睛，問道：「牠要去哪裡？」

「糖與蜜之地，我的家鄉。」我虛弱地微笑，對阿強問道：「想不想去台南見見世面？」

週末，我與傑森帶著阿強來到古老而神祕的府城。從客運上就能看到，窗外景色混濁，放眼望去一片灰濛濛。

「台南也有霧霾？」阿強疑惑。

「那是糖霜。」我咧開嘴。

一下客運，熟悉的甜膩氣息就湧進我的鼻腔，注入我的肺腑，滋潤我幾近乾涸的四肢百骸。

「Home sweet home……」我忍不住舒服地呻吟。

「嘶……我體內的糖尿病都醒過來了。」傑森也享受地瞇著眼。

「我覺得有點口渴。」阿強皺眉，看著乾皺的皮膚，空氣中過高的糖分讓他有點脫水。

我瞥見路邊有家賣甘蔗的攤販，就買了一根，遞到阿強面前。

「嚐嚐看。」我說。

「竹子？」阿強疑惑。

我莞爾，將甘蔗捅進阿強的嘴巴。

「喔唔嗯嗚嗚嗚……」阿強津津有味地啃了起來。

「種在別的地方也許叫竹子，種在台南的，我們管它叫甘蔗。」傑森開始科普。

昆蟲飛到這裡會變成蜜蜂，水果在這裡會風乾成蜜餞，連棉花都能在這裡長成棉花糖。

這就是府城，一花一世界，一砂一粒糖。

「說得我口都渴了，去買個飲料吧。」傑森舔舔嘴唇，走到泡沫紅茶店門口。

「先生，請問喝什麼？」店員露出燦爛的笑容，台南的姑娘總是笑得特別甜。

「大杯紅茶，無茶去冰。」傑森回答。

「無茶？」阿強不解。

「無茶就是不加茶。」我解釋。

只見店員從冰箱拿出一杯紅茶，整杯倒在水槽，然後盛了滿滿一杯砂糖給傑森。

「那就只是砂糖啊幹！」阿強大叫，真是少見多怪。

傑森迫不及待地喝了一大口消暑的砂糖聖代，滿足地呼出一口氣。

「喝起來跟冰沙差不多啦，要試試嗎？」我拍拍阿強的肩膀。

「我……我突然不渴了。」阿強囁嚅。

我們繼續往前走，很快就看到馬路的兩側各有一間鱔魚意麵。

「好香喔，我們吃那個好不好？」阿強勉強打起精神。

「你挑一間啊。」我聳聳肩。

「左邊那間生意不錯，去那間試試？」阿強說。

傑森猛然奪過甘蔗，狠狠敲在阿強頭上。

阿強腦門劇震，甘蔗哐啷一聲斷成兩截。

「幹、幹嘛敲我？」阿強震驚。

「你一臉盤子樣，不敲你敲誰？」我嘆了口氣。

「那間人那麼多，一看就知道是觀光客在吃的。」傑森說。

「可是我就是觀光客啊。」阿強說。

「再選一次。」傑森命令。

阿強委屈地摀著頭，嘟囔著道：「不然吃右邊那間？」

啪。

我反手賞了阿強一巴掌。

「年輕人就是年輕人。」傑森遺憾地搖搖頭。

「那間人那麼少，一看就知道很雷。」我說。

「你他媽……」阿強很茫然。

「醒了沒？醒了的話就再選一次。」我對著手掌吹了一口氣。

「……你們推薦哪間？」阿強握緊拳頭。

我跟傑森相視一眼，異口同聲地冷笑。

「我家巷口。」

「哪裡？」阿強歪著頭。

我跟傑森對視一眼，露出神祕的笑容。

「阿強，你不是很想當台南人嗎？我現在給你一個機會。」

「蛤？」

沒等阿強反應過來，我拉著他的手開始奔跑。

台灣的市井街頭間，流傳著一個歷久不衰的傳說。在古老府城，有個神祕的巷口，匯聚著世上所有珍饈美食。那是天下饕客遍尋不著，唯有正港台南人才能發現的應許之地。

我們帶著阿強闖了三個紅燈，鑽了四條小巷，最後閉上眼睛原地轉三圈。再次睜開眼睛的時候，一道巨大的白色牆壁巍巍矗立在面前。

「好大的……方糖？」阿強張大嘴巴，抬頭看著高聳的牆壁直入雲端。

這是進入巷口前最後的阻礙，只有糖分濃度最高的液體能夠破除這道障壁。

「半畝方糖一劍開，天光雲影共徘徊。」我從口袋中拿出一柄小刀，在掌心劃開一道口子，然後甩手將鮮血灑在巨壁上。

「半畝方糖一劍開，天光雲影共徘徊。」傑森從我手中接過小刀，同樣割掌甩血。

我們兩個看著阿強。

「我……我想回家了……」阿強把手插進口袋，臉色蒼白。

「不要害羞啦。」我抓起他的手，讓傑森在手腕上劃了一刀。

大量鮮血噴灑而出，白色牆壁瞬間消失。

強餵甘蔗、用打擊激發腎上腺素，都是為了使阿強體內的血糖飆升，得到這座城市的認可。

牆後的世界映入眼簾，我們置身於人聲鼎沸的大街，街邊盡是熱氣蒸騰的小吃攤販。

巷口碗粿、巷口牛肉湯、巷口鱔魚意麵、巷口虱目魚湯……

只存在於傳說中的店家比比皆是。

這裡就是「巷口」。

不以任何形式被記錄，不以任何形式被闡述，只有正港台南人才能發現的、坐落於虛幻與現實間的祕境。

外地人阿強一出現，周遭的人群紛紛停下腳步，投來不友善的目光。巷口蚵仔煎的老闆用吸管把桌上的糖粉吸入鼻腔，不懷好意地打量著阿強。

現在只剩下最後一道考驗。

我跟傑森不約而同往兩邊退開一步。

一陣勁風平地颳起。

無形的力量掃過，像一柄沉重的鐵鎚，將阿強整個人擊飛到空中。

「噗喔！」

阿強在空中嘔出一口血，然後鼻青臉腫地摔在地上。這股力量是巷口排除外地人的機制，俗稱「巷口屌」。

我抓起路邊一桶果糖，淋在阿強身上。

「恭喜你！被巷口屌打過之後，就能成為台南人的一員了！」我丟掉空桶，激動地拍手。

「在過去，你吃飯是為了活著，從今天開始，你活著是為了吃飯啊！」傑森也笑著鼓掌。

周遭的人群開始熱烈歡呼，興奮迎接嶄新的台南人。

「嗚啊啊啊啊！」傷痕累累的阿強終於大哭失聲。「神經病！台南人都是神經病！我要回家嗚嗚嗚嗚……」

他一面嚎啕一面飛也似地逃出巷口，放棄了成為台南人的寶貴機會，真是個傻孩子。

◇

再看到阿強，已是兩週後的新竹。

他的眼神呆滯，雙頰凹陷，看上去失魂落魄。每到用餐時段，他就會食不下嚥地舉著筷子，口裡喃喃自語。

「沒有味道……我吃什麼都沒有味道……」

我想，關於「我家巷口屌打」的真相，也許世人還沒有準備好吧？

二　彰化肉圓

肉圓是台灣原創小吃，起源於彰化，擁有一百二十多年的歷史。台灣各地肉圓風格迥異，大相逕庭，素有南蒸北炸之說。

台南蝦仁肉圓外皮綿潤、入口即化，滑嫩的絞肉搭上鮮美的蝦仁，再淋上特調的醬汁，是我自小愛吃的美食。

從小家裡的長輩就告訴我，人生在世，要分得清是非善惡，肉圓是一種非黑即白的料理，不是蒸的，就是假的。即使如此，我仍數次從人們口中聽聞，彰化肉圓才是肉圓界的霸主。

我的心裡當然不大服氣，除了火雞肉飯打不贏嘉義，台南在食物上從來就沒怕過誰。

大學時期，我認識了來自鹿港的學妹寶櫻，決定帶她去吃南部蒸肉圓。因為如果連彰化人的胃都能征服，就代表台南肉圓果然是地表上最強的肉圓。

約定的那天，寶櫻站在校門口，手裡提著一個透明塑膠袋，袋中盛著深紅色的液體，看上去就像是某種飲料。

「喝什麼？」我問。

「麵線啊，學長你沒吃過嗎？」

寶櫻仰起頭，一手捏著塑膠袋口，一手提起塑膠袋底部，讓濃稠的麵線糊流入喉嚨。

「為什麼不用餐具？」我問。

「小朋友才用餐具。」寶櫻用衣袖擦擦嘴巴，真是女中豪傑。

「啊妳現在吃麵線，等等肉圓吃不下怎麼辦？」我問。

寶櫻一愣，偏著頭看著我，好半晌才開口說道：「學長，你知道自己在做什麼嗎？」

「嗯？什麼意思？」我一頭霧水。

「你對著一個彰化人說了『我要帶你去吃肉圓』這樣的話，這對我們家鄉的人來說，是非常嚴重的挑釁喔。」

寶櫻看著我的眼睛。

「有這麼嚴重嗎？」我的額頭冒汗。

「我媽媽跟我說，外地的肉圓都是垃圾，彰化人不吃垃圾。」寶櫻認真地說道。

「那是因為妳媽沒有去過台南。」我嘿嘿一笑：「寶櫻，君子動口不動手，我們就肉圓上見真章吧！」

⌂

我帶著寶櫻坐火車來到台南。

「欸，學長，那邊那棟大到不像話的便利商店是怎麼回事？」一出火車站，寶櫻就指著大遠百問。

「那個是百貨公司，怎麼了？」

「百貨公司？我們已經到台中了嗎？」寶櫻詫異地張大嘴。

「嗯？沒有啊，那就一間百貨公司啊，彰化沒有嗎？」我問。

「開、開什麼玩笑？你少給我瞧不起彰化人喔，彰化百貨我們也是有開很多間的。」寶櫻表情有些慌亂。

「……」

「學長，你在同情我對吧？」

「我什麼都沒說。」

「我才不需要你的同情！彰化銀行有沒有聽過？就我們彰化出來的啦！」寶櫻惱羞成怒。

「可是寶櫻，彰銀的總部也在台中。」我嘆了口氣，看了一眼寶櫻手提袋上的詩句，意味深長地說道：「妳知道還有誰也住在台中嗎？」

「閉嘴。」寶櫻鐵青著臉不再說話。

交談間，我已經騎車載著寶櫻來到一間其貌不揚的肉圓店。

「這間店我爸從小吃到大，然後換我再接再厲，繼續從小吃到大，絕對的老字號老招牌。」我拍拍胸膛。

「老的一定比較強嗎？」寶櫻冷笑，大步踏入店內。

肉圓很快上桌，白軟的外皮裡透著鮮嫩的紅光，隱隱露出嬌羞可人的蝦仁，令人垂涎欲滴。

看來今天老闆也是正常發揮，我信心滿滿地看著寶櫻。

卻見寶櫻面有難色地瞪著盤子。

「學長，你是在瞧不起我嗎？」她皺起眉頭，用手指戳戳肉圓。

「南部肉圓是用蒸的，本來就比較軟，妳嚐嚐看？」我陪笑。

「這是什麼鬼？鼻涕？」她用兩根手指捏起黏呼呼的肉圓，表情嫌惡。

「你有看過有人鹹酥雞用蒸的嗎？你有看過天婦羅用蒸的嗎？一點彈性都沒有還敢自稱肉圓，現在的年輕人就是這樣，什麼東西都挑軟的吃，一點競爭力都沒有。」

寶櫻抓著肉圓用力往地下一摔。

肉圓啪的一聲著地，哀傷地黏在地上。

「你看，都彈不起來。」寶櫻理直氣壯地說。

彈得起來才有鬼啦！

「不要玩食物！」我斥責。

「食物？」寶櫻揚眉。

「我再說一次，彰化肉圓以外的肉圓都是垃圾，垃圾就該躺在垃圾桶裡。」

「妳別欺人太甚！」我勃然大怒，拍桌而立。

「你們南部人到底什麼時候才會明白，肉圓就該有肉圓的樣子？」寶櫻用輕蔑的語氣說道：「學長，我看時間還早，不如我帶你去彰化見識一下什麼是真正的肉圓吧？」

「去就去！」我惡狠狠地道：「我告訴妳，我台南人今天不只蒸肉圓，還要爭口氣！」

⌂

我們到彰化的時候已經是晚上八點，天色已黑，兩個小孩正藉著路燈的燈光玩著傳接球。

「所以妳推薦的肉圓是哪一家？說出來讓我笑一下啊。」我雙手抱在胸前，挑釁地抖著腳。

寶櫻沒有說話，慢慢走到兩個小孩之間，冷不防伸手朝空中一抓，竟捏住了球。

那原來不是一顆球，是一顆雪白的生肉圓。

我目瞪口呆。

「學長，你不是說肉圓不可能彈得起來嗎？」

「妳找一顆能彈起來的我看看，彈不起來我就……」我還想嘴硬，卻見話還沒說完，寶櫻猛然把肉圓砸在地面上。

咚。

肉圓在地面上壓縮、變形，然後砲彈一樣反彈射進我嘴裡。

「就怎樣？」寶櫻冷冷地問。

我含著肉圓，瞪大眼睛，感受口腔內膨脹的口感。

轟。

霎時間，天空中一聲爆響。

我抬起頭，看見絢爛的火光在夜幕中綻放。

就像是某種信號，煙火放出後，大地開始震動，排山倒海的吆喝聲此起彼落。

下一秒，整個彰化市亮若白晝，彷彿千萬噸炸藥引爆，四面八方的巷弄中傳出震耳欲聾的鞭炮聲。

「發生什麼事了？」我吐出肉圓，在砲聲中大吼。

肉圓掉到地上咚咚咚彈開，被寶櫻一把抓住。

「練兵。」寶櫻冷靜地說道，另一隻手從懷中拿出來自台南的蝦仁肉圓。

「練什麼兵？」我完全不明所以。

「為了一年一度的盛會，全台最大無差別格鬥賽事，大甲媽祖繞境。」寶櫻兀自說著。

在她身後，黑暗盡頭的彼方，一道亮麗的火光由遠至近，像一條兇惡的火龍朝我們襲來。

我低下頭，發現地面上不知何時佈滿了尚未點燃的鞭炮火藥。

為什麼路上會有這麼多鞭炮？

恐怖攻擊？

我張大嘴巴，看著火龍越來越近、越來越近。

寶櫻泰然自若地微笑，擋在我身前。

「寶櫻！」我驚惶大叫。

下一剎那，寶櫻慘遭火光吞噬。

劇烈的爆炸聲暴躁地衝撞我的耳膜，刺眼的金芒霸道地盤據了我的視線。我抱著頭蹲下身，在恐懼中等待鞭炮放完。

爆炸聲持續了十幾分鐘才散去。

這座城市好像剛經歷一場砲戰，四面八方的空氣中都瀰漫著刺鼻的硝煙味。

這等恐怖的火力，不論何方神祇降臨，恐怕都得被炸回天上去。

大甲媽祖繞境？

我勉強睜開眼睛。

煙霧逐漸散去，寶櫻的身影緩緩浮現。

她雙臂平舉，手掌攤開，上頭放著兩顆肉圓。

左手手掌上，一顆金黃色的肉圓被鞭炮炸得外脆內Q、熱氣蒸騰。

右手手掌上，只剩一下一塊焦炭。

寶櫻的聲音在耳邊響起。

「為了乞得神靈的庇佑，彰化廟宇日夜嚴陣以待，維持雄厚的軍事武力。別說是媽祖，就算今天八卦山大佛站起來走路，只怕也會被攔在民生地下道。」

寶櫻右手捏拳，將碳化的蝦仁肉圓捏成碎砂。她向前跨了一步，把剛炸好的肉圓塞進我口中。

我反射性一咬，牙齒咬在酥脆的外皮上，竟刮出金屬般的清脆聲響。

真是開眼界了。

這世上，居然有肉圓的外皮是脆的。

「彰化肉圓是在修羅場中誕生的食物，南部那種弱不禁風的米漿就別拿出來丟人現眼了好嗎？」

微風吹過，蝦仁肉圓就像燒盡的紙錢一樣脆化成灰，隨風散去。

那天我才明白，彰化肉圓是炸出來的。

彰化肉圓的辣，是鞭炮的辣。

三　嘉義火雞肉飯

說到火雞肉飯就會想到嘉義，說到嘉義就會想到火雞肉飯。

這座壓在北迴歸線上的城市，似乎已經與火雞肉飯脫不了關係。

即使是在外縣市，許多賣火雞肉飯的店家也會在招牌上加上嘉義兩個字，彷彿只要這麼做就能讓客人覺得更美味。

因為吃火雞肉飯就要去嘉義已經是全台灣的共識，傳聞中嘉義的火雞肉飯之美味，連火雞看到都會流口水。

☖

為了一嚐道地的火雞肉飯，前陣子我約了嘉義人雨淳作嚮導。

我會認識雨淳，是透過老闆。

老闆不是我老闆，是我國小就認識的朋友。

他之所以叫做老闆，是因為他從小就立志要當老闆，由於實在太想當老闆了，即使考上了醫學系也持之以恆地創業。

他開過民宿、咖啡廳、酒吧、補習班、甚至賣過水果，只要可以當老闆，他什麼都幹，一點節操也沒有。

雨淳是老闆當時的助理，身形高挑，長髮披肩，是個難能可貴的正妹。

她平常在高雄工作，一聽老闆說我要拜訪嘉義，很熱情地到車站接我，想替我導覽。

「你好啊初次見面，我聽老闆講過很多你的事情，你根本就是神經病啊我的天，不過還是很高興看到你，希望待會能夠好好相處。」雨淳坐在機車上露出燦爛的笑容。

「妳好……」我才剛想說話，馬上被打斷。

「耶！歡迎來到嘉義，我等等推薦你幾間好吃的火雞肉飯，因為嘉義沒什麼景點只有火雞肉飯，所以三餐都只能吃火雞肉飯，如果你沒吃過嘉義的火雞肉飯根本就不算是吃過火雞肉飯……」雨淳像機關槍一樣不斷說話，完全沒給我插嘴的機會。

我注意到雨淳的身上貼滿OK繃，手臂跟腿上也有許多大小不一的瘀青，活像是剛剛跟火雞打了一架。

「我覺得高雄的交通好可怕，我去那邊第一個禮拜就發生好多次車禍，在我們嘉義啊，每個人騎車都慢慢的，走路也慢慢的，連路上的野狗跑起來都是slow motion。我常在想啊一定是嘉義的火雞動作太慢了才會被抓去做火雞肉飯，不然你想想看，嘉義又不盛產火雞，為什麼台灣這麼多城市偏偏是嘉義盛產火雞肉飯？」

我沒來得及回應，源源不絕的話語又從她的嘴巴裡噴了出來。

「而且你知道嗎？我們嘉義的單行道只有限制汽車，機車跟火雞都可以雙向，我以前還以為全台灣都是這樣，結果在外縣市騎火雞逆向，直接被交通警察攔下來欸。」

不，我想應該不是逆向的問題。

「那妳今天怎麼沒騎火雞出門？」我問。

「那是我小時候養的火雞，牠的爸爸媽媽都被做成火雞肉飯了，爸爸媽媽的爸爸媽媽也被做成火雞肉飯，我覺得牠很可憐，就把牠做成火雞肉便當了。」雨淳說道。

為什麼是火雞肉便當？火雞肉便當就比較不可憐嗎？

「嘉義人生活步調就是悠哉悠哉的啊，我高中畢業後去台北念書的時候整個文化大衝擊你知道嗎？全世界都在競走啊我的天！在外縣市生活了五六年，磕磕碰碰的一天到晚受傷，回到嘉義後發現這裡的一切都沒改變，完全就是時空靜止之地啊！」

「感覺是個悠閒的好地方呢。」我客套地說著，坐上機車後座。

「聽說你是彰化人啊？彰化有什麼好吃的東西嗎？肉圓嗎？是彰化肉圓嗎？說到彰化果然就會想到肉圓吧？你有哪間推薦的肉圓嗎？」雨淳又劈哩啪啦開始說話。

「嗯？」我茫然。

「啊！難道說不想把珍藏的店家告訴外地人嗎？不要這麼小氣嘛！跟我分享一下我不會告訴別人啦！就算我告訴別人也會叫他不要告訴別人好不好？」雨淳

發動機車。

「痾……我是台南人。」

「哈哈哈一定是老闆記錯了，他跟我說你是彰化人哈哈哈哈哈。」雨淳笑得花枝亂顫。

為什麼是彰化人？他到底是怎麼記錯的？我們不是從小就認識了嗎？

「喔喔喔你原來是台南人嗎？美食之都欸哇賽，那台南有什麼好玩的嗎？應該說有什麼好吃的嗎？有哪間特別推薦的肉圓嗎？最道地最像彰化肉圓的肉圓？還是你有沒有去過彰化？有沒有推薦的彰化肉圓？」

到底是有多想吃肉圓啦？其實妳對台南根本就不感興趣吧？

「先別說這個了，有在地人比較推薦的火雞肉飯嗎？」為了避免雨淳繼續離題，我趕緊問道。

「當然有啊，我以前在嘉義的時候覺得嘉義的火雞肉飯很好吃，後來去外縣市念書才知道，嘉義火雞肉飯豈止是好吃，簡直就是神好吃！」雨淳眉飛色舞地說道：「嘉義火雞肉飯就像台南牛肉湯一樣，每個嘉義人的心中都有一碗屬於自己的火雞肉飯，你問十個嘉義人會得到十二種不同的答案。」

「那妳的答案是哪一種？」我問。

「我的答案剛好就十二種。」雨淳微笑，從懷中拿出一張紙。

我接過紙張一看，原來是張行程表，上頭浩浩蕩蕩羅列著十二間火雞肉飯。

我揑著怵目驚心的行程表，指節隱隱顫抖。

對嘉義人來說，「要吃哪間火雞肉飯」不是一道選擇題，而是一道申論題。

火雞到底哪裡招惹到嘉義人了？

這已經不是美食巡禮的程度了，簡直就是種族滅絕計畫，慘絕人寰的火雞大撲殺。

如果火雞本人看到這張行程表，鐵定臨表涕泣、不知所云。

「我們不能挑一兩間代表性的吃一下就好嗎？」我問道。

「我已經挑過了啊，每間味道都不一樣，各有各的特色，有醬香的、雞油的、蔥油的、肉很大塊的、特別多汁的、價格很便宜的、滷味很好吃的、高麗菜才是本體的，要不是你只來一天我還想列他個三十間呢。」雨淳興奮地說道。

「太好了，其實我也滿喜歡吃火雞肉飯的。」我尷尬地說道。

雨淳聞言一愣，然後大笑：「你真的很愛亂講話欸哈哈哈！」

「你在外縣市吃的那種垃圾才不叫火雞肉飯咧！」

接下來的一天，我經歷了綿綿不絕的火雞肉飯之旅，也聽雨淳發表了很多關於火雞肉飯的理論。

「那些用雞肉絲還敢掛嘉義火雞肉飯招牌的，我他媽吃一碗吐一碗啦！還有雞魯飯到底是誰發明的啊？到底是雞肉飯還是滷肉飯啊？可以不要那麼花心嗎？二師兄你不要誤會餒，我不是在針對台南，我的意思是，除了嘉義以外的火雞肉飯都是垃圾啦！」

只要一提到外地的火雞肉飯，她就不曉得在氣憤什麼。

嘉義火雞肉飯的平均水準冠絕全台是毫無疑問的，只是那天我真的吃太多火雞肉飯了，到後來甚至出現了幻覺，只要一閉上眼睛，就能看見屍橫遍野的火雞群幽怨地對我咕咕叫。

我彷彿陷入一座由火雞肉飯構築的迷宮，幾乎在裡面迷失了自我。

「會不會有點膩啊？對不起嘛很少人來嘉義玩，我一個不小心可能有點嗨過頭。」雨淳似乎發現我的臉色不對，忐忑地問。

「還、還好。」我強顏歡笑：「都很好吃，不過真的有點吃太多了。」

「哎呀，我怎麼沒想到。」

雨淳敲敲自己的頭，神色很是懊惱。

「吃這麼多飯一定會膩的，應該帶你去吃我們的火雞涼麵、火雞米粉湯之類的料理，轉換一下口味。」

為什麼還是火雞？

究竟還有多少火雞？

妳到底有沒有想過火雞的感受？

「決定了！」雨淳用力拍手：「帶你去吃涼麵吧！」

「還要吃嗎？」我震驚。

「保證好吃啦！跟外地口味不一樣喔！」雨淳拍拍胸脯。

於是我來到嘉義旅遊的最後一站，雨淳家附近的涼麵店。時間已經是深夜兩點，涼麵店的生意依然興隆。

「老闆，兩份涼麵！」雨淳歡快地點餐。

很快的麵來了，份量不大不小剛剛好，麵體跟台南常見的涼麵不同，用的是較有嚼勁的寬麵。

麵體上除了常見的麻醬、醬油跟辣椒外，還覆蓋著一灘雪白的漿液。我抽動鼻頭嗅了嗅，一股熟悉的酸甜氣息觸動了我的神經。

即使是見多識廣的我，也沒有看過這種食物組合。

「這個是……美乃滋？」我的筷子在發抖。

「對啊，怎麼了？」雨淳睜大眼睛望著我。

我看著泡在大量美乃滋裡的涼麵，大腦神經錯亂糾結。

聽說歐洲人普遍無法接受鳳梨口味的披薩，極端者甚至會氣到失去理智。

直到今天，我才明白歐洲人的心情。

那是一種熟悉的世界在眼前崩壞的絕望。

涼麵加美乃滋，這是什麼邪教？

「台南人不是喜歡吃甜嗎？我特別叫老闆多加美乃滋喔，很貼心吧？」雨淳得意地笑著。

雨淳又端了一盤小菜上桌。磚塊狀的小菜上頭淋滿了美乃滋，像是塗上了雪白的油漆。

「這是什麼？奶油蛋糕嗎？」我問。

「皮蛋豆腐。」雨淳理所當然地回答。

「我認識的皮蛋豆腐才不是長這個樣子。」我渾身發顫：「我書讀得少，妳別騙我。」

「不用擔心啦，不論是什麼料理，加點白醋都能搞定。」

雨淳再端來一盤燙青菜，上面理所當然地淋了美乃滋，好像燙青菜加美乃滋本來就是天經地義的事一樣。

「雨淳。」我閉上眼睛。

「嗯？」

「妳不是說本來有三十間火雞肉飯嗎？」

「對啊，怎麼了？」

「不如我把胃口留著，去把剩下的十八間吃完吧。」

「真的嗎！？」雨淳驚喜。

「真的，我最討厭做事只做一半。」我的眼角淚光閃爍。

我仰起頭，對著天空懺悔。

火雞啊火雞。

請容我代表人類，對你們致上最深的歉意。

四　澎湖生猛海鮮

台灣四面環海，漁港繁多，愛吃魚的人自然不在少數，然而要說到台灣最愛品嚐魚類料理的縣市，也許非澎湖莫屬。

我大學的時候有個學長叫阿豪，從澎湖過來本島念書。阿豪平常是個很熱情的人，只有在吃海產的時候特別難相處。還記得我們剛認識的時候，某天凌晨五點，我帶他到我家巷口吃台南遠近馳名的虱目魚湯。

「這魚不新鮮。」阿豪皺眉。

「怎麼可能？這間店的虱目魚都老闆當天去漁市批貨的欸。」我詫異。

「牠起碼死兩個小時了。」阿豪一臉嫌惡地把碗推開。

「兩個小時還不夠新鮮？」我不服氣地握緊拳頭：「老闆！來一盤虱目魚生

魚片！我要活的！」

「三小？」老闆一臉莫名其妙，還是端上了一盤粗製濫造的虱目魚生魚片。

「夠新鮮了沒？」我問。

阿豪用手指輕輕滑過魚肉，搖搖頭。

「屍體都冷了。」他冷笑。

「魚本來就沒有體溫啦幹！」

⌂

後來有次，我們去吃熱炒店聚餐，我記取上次的教訓，特地點了一盤清蒸石斑，還親眼監督老闆現場殺魚。

卻見阿豪從頭到尾都沒有看那條魚一眼。

「學長，你怎麼都不吃？」我忍不住問。

「這條石斑是淡水長大的。」阿豪面色不悅：「澎湖人不吃淡水魚。」

「淡水魚酥也不吃？」我嘖嘖稱奇。

「不吃。」阿豪斷然拒絕，真是任性透了。

「除了澎湖，台灣各縣市的海鮮沒一個能打的。」阿豪摔下筷子，說出口頭禪：「臭海鮮，在座的各位都是臭海鮮。」

是的，阿豪三餐都要吃魚，而且一定要新鮮的海水魚。

他不只愛吃魚，也很會吃魚。澎湖人的唇舌構造異於常人，挑起魚刺來乾淨俐落。你該看看阿豪吃魚，那條魚彷彿是自己游進他嘴裡的。等魚再游出來的時候，已經剩下森森白骨。

「你嘴巴這麼靈巧，能不能表演一下用舌頭打櫻桃結啊？」我曾這樣開玩笑。

「櫻桃結？」阿豪搖搖頭：「你少瞧不起澎湖人了。」

他從口袋中拿出一串打結的耳機，放入口中咀嚼。

幾秒鐘過去，他再吐出耳機的時候，錯綜複雜的耳機線已經解開。

「這是特異功能了吧？」我簡直五體投地。

「有空來澎湖玩，我帶你騎海豚、吃海鮮。」阿豪拍拍我的肩膀，得意地戴上沾滿唾沫的耳機。

於是大學一次暑假，我跟著阿豪回家，他家開的是民宿，旁邊就有間海鮮餐廳。

一個體格高壯的中年大叔雙手環胸站在餐廳門口，身上穿著忍者龜的cosplay服裝。

「為什麼是忍者龜？」我疑惑。

「我是綠蠵龜，你這個臭海鮮。」大叔瞪著我。

「大叔還是嬰兒的時候，被父母遺棄在海邊，碰巧一頭綠蠵龜上岸產卵，大發惻隱之心，把他撿回去扶養長大，他一直到現在都還認為自己是頭綠蠵龜。」阿豪在我耳邊低聲解釋。

就在這個時候，餐廳內一個客人拍拍屁股，懶洋洋地站起身。

「老闆，結帳。」他的桌上杯盤狼藉，一盤好大的生魚片幾乎沒動過。

「你還沒吃完。」大叔陰沉著臉。

「不小心點太多了哈哈哈。」客人打了個飽嗝，隨手將喝剩的珍珠奶茶扔在地上。

下一秒，大叔伸手接住尚未落地的珍珠奶茶。

「我最討厭兩種人。」大叔額頭青筋跳動：「浪費食物的人，跟亂丟垃圾的人。」

「管這麼多，你住海邊？」客人漫不在乎地挖著鼻孔。

大叔捏扁手中的杯子。

客人還想說話，突然眨眨眼睛。

他的另一個鼻孔裡多了一根吸管。

「對，我住海邊。」大叔平靜地說道，食指拇指捏著吸管尾部。

「幹！」客人大駭，鼻血瞬間潰決。

大叔用力攪動插在鼻子裡的吸管，大聲問道：「很爽嗎？這樣很爽嗎？蛤？」

「嗚喔喔喔……」客人兩眼翻白，掩著鼻子倒下。

大叔拔出吸管，甩掉上面的鼻血。

好兇的一頭綠蠵龜。

我在一旁看著，不由自主地打了個噴嚏。

「大叔是我們店裡的廚師兼吉祥物，不用在意。」阿豪一邊解釋一邊領著我走進餐廳。

餐廳裡有個二十公尺長的大水缸，裡面棲息著各種價格不斐的珍饈，一看就是我吃不起的菜色。

「你看看想吃什麼？」阿豪問。

「我想一下。」我的視線移開水缸。

「盡量挑啊，我們家海鮮在整個澎湖也算是很猛的。」阿豪說道。

「就吃牠好了。」我聳了聳肩，指了指牆壁上照片裡一隻金黃色的小螃蟹。

不料剛走進餐廳的大叔聽見我說話，居然語帶讚賞地對我說道：「算你有眼光，臭人類。」

「還、還好啦，哈哈哈。」我乾笑，暗暗祈禱那隻螃蟹不要太貴。

沒想到短短幾句話，我居然從臭海鮮變成臭人類，這隻螃蟹到底是什麼來頭？

「你等我一下。」大叔走進廚房。

不久後，大叔端出一個臉盆大的砂鍋，厚重的鍋蓋哐啷啷不斷震動，鍋中散發出強烈的妖氣。

「請慢用。」他把砂鍋放在桌上。

哐噹！螃蟹一腳踹開鍋蓋。

「嚇！何方妖孽！」我大吃一驚。

只見鍋中一隻醜惡猙獰的甲殼怪獸正張牙舞爪地揮著巨鉗。牠足足有一顆籃球那麼大，一支鉗子上還夾著一段血淋淋的手指。

「趁熱吃。」大叔說道，一面用紗布包紮手上的傷口。

「這麼生猛的嗎？哈、哈哈。」我陪笑。

「澎湖海鮮真的沒在跟你開玩笑的啦哈哈哈！」阿豪豎起大拇指。

「真正的生猛海鮮，不但要生，而且要猛。」大叔靜靜地說道。

「什麼意思？」我問。

「生就是不煮，猛就是要夠毒。」

「有、有毒嗎？」我面有難色。

「這道菜餚的料理法，就是把箱型水母、藍環章魚、棘冠海星、繡花脊熟若蟹等具有強烈毒性的海洋生物放在同個水缸內飼養，讓他們彼此撕咬吞噬，看誰能成為最後的贏家，所以有時候吃到的是螃蟹，有時候吃到的是章魚，全憑運氣。」

靠北，你在練蠱是不是？

而且這道菜聽起來就貴到不行啊！

我緊張地吞了口口水，說道：「我好像打不贏他。」

「澎湖不僅海鮮生猛，吃的人也要生猛。」阿豪接口說道。

「人要怎麼生猛？」我虛心地問。

「生就是不死，猛就是要夠兇。」阿豪用鋼筷戳了一下螃蟹。

喀擦。螃蟹一鉗夾斷了鋼筷。

我的額頭冒出冷汗。

「我們都是讀書人，能不能不要這麼暴力？大家和和氣氣的用文明的方式解決不好嗎？比如說猜拳之類的？」我的語氣很誠懇。

「猜你媽逼，臭海鮮。」聽到要猜拳，螃蟹好像很生氣，把剩下的鋼筷凹成雙心石滬的形狀恐嚇我。

「快吃，你這個臭哺乳類。」大叔的語氣不善。

我聽到自己從人類降級至哺乳類，心下頓決不妙，再拖拖拉拉下去，搞不好大叔就會用浪費食物之類的理由代替媽祖懲罰我。

「呸。」螃蟹吐出一口唾沫，居然像強酸一樣在砂鍋內唰唰唰腐蝕出一個洞。

「我……我不忍心。」我急中生智。

「什麼意思？」大叔面色一變。

「大家都是人生父母養，這隻螃蟹也是螃蟹他媽生的，我們這樣隨隨便便把人家抓過來，用盡辦法想要吃他，豈不是太殘忍了嗎？」我嘆了口氣。

既然無法說之以理，只好動之以情了。

「螃蟹媽媽辛辛苦苦把小孩撫養長大，難道就是為了要讓人類吃掉嗎！？我不能接受！」我砰的一聲拍了一下桌子，桌面上杯筷俱震。

大叔動容，彷彿想起了什麼傷心往事。

「扶養大叔的那頭綠蠵龜，在幾年前被盜獵者殘忍地殺害了。」阿豪說道：「從那天開始，大叔一直都很討厭人類。」

我喉頭鼓動，一時語塞。

「每年夏天，台灣各地的觀光客湧入澎湖，的確帶來一筆巨大的商機，然而對當地的海洋生物而言，卻是一場生態浩劫。」阿豪的語氣很沉重。

「那你為什麼在海產店當廚師，為人類料理海鮮呢？」我不解。

「大叔挑選的都是重度憂鬱，有自殺傾向或安樂死需求的食材。」阿豪說。

「你怎麼知道他們憂鬱？」我問。

「我都要殺他了，他能不憂鬱嗎？」大叔滿臉鄙夷，好像我問了一個智障問題。

我看著大叔，心情複雜。我只想著要吃生猛海鮮，卻完全沒有顧慮到大叔的心情。

我走上前去，用力握住大叔的手。

「為了替守護海洋盡一份心力，我從此以後再也不吃海鮮了。」

大叔一愣，用力地回握我的手，鄭重地點點頭。

螃蟹似乎很欣慰，遙遙對我比了個「YA」的手勢。

「那麼，我就告辭了。」我鄭重地對大叔鞠躬，轉身就走。

「欸，你的背包……」阿豪拎起我忘在椅子上的背包。

背包的拉鍊沒有拉好，一大包我早上買的花枝丸掉了出來。

「……」大叔看著我。

「……」我看著大叔。

大叔把手伸進口袋，慢慢抽出一根染血的吸管，面無表情地盯著我的鼻孔。

「卡哇邦嘎。」他說。

幹！你還說你不是忍者龜！

五　新竹：美食沙漠

說到台灣美食，就不得不提一下新竹。

風之城，肝之都，米粉與貢丸之地。

在台灣各縣市中，新竹脫穎而出，牢牢坐擁「美食沙漠」的威名，數十年如一日。

傳說此地的食物足以令群雄喪膽，鬼神退避。

「新竹美食麥當勞」成了家喻戶曉的詛咒，「朋友來玩我都只敢帶去連鎖餐廳」、「比起新竹，全台各地都是美食之都」、「在新竹生活了幾年，我差點忘了食物是什麼味道」都是聲淚俱下的控訴。

我阿嬤聽到我要去新竹念書，整個人老淚縱橫，一副我會因為飢餓客死異鄉的模樣。

儘管新竹料理惡名昭彰，我心裡卻一點也不擔心。

我一直相信，這個世界不是缺少美，是缺少發現。即使在沙漠中，也一定有綠洲存在。

更何況，新竹有傑森。

傑森還在台南時就是個技藝精湛的美食獵人，到了新竹後仍然無視惡劣的環境，持之以恆地發胖，是個貨真價實的吃貨。

所以第一天來到新竹，我就這樣問：「學校附近有什麼好吃的嗎？」

「寶山路的印度料理、學府路的新加坡美食、高翠路的雲南泰式小吃都還不錯。」傑森不愧是傑森，美食店家信手拈來，如數家珍。

「為什麼都是異國料理，沒有什麼在地小吃嗎？」我問。

「北門出去的段純貞牛肉麵、食品路上的麵堂、城隍廟附近的鴨香飯都是好東西。」傑森眼中閃過一絲異樣的光芒。

我隱隱覺得不大對勁，傑森將這一連串的店名背得如此流暢，簡直就像……就像是從網路食記上抄下來的一樣。

我捶了傑森一拳，笑道：「別裝了好嗎？你在這邊待了五年多，一定有什麼高ＣＰ值的店家吧。」

傑森傴促地別過頭，喃喃說道：「當然有，網路上介紹的、在地人推薦的、我親自探索的……我很努力地找了又找……找了又找……已經五年過去了……」

他的肩膀隱隱顫抖，彷彿正極力壓抑著什麼。

「傑森？」我不安地叫了聲。

傑森轉過頭來，已是滿臉淚痕。

「我找不到……」他的眼神裡充滿了無助，悲憤地大吼：「我找不到啊！我找不到美食啊！」

「屁啦！那你為什麼還可以在新竹變胖？」我詫異。

「因為沒辦法滿足啊！不論我怎麼吃，飢渴的心靈都無法獲得救贖啊！」傑森崩潰慟哭。

我簡直不忍直視。

這個高中就開始在部落格上撰寫食評的好友，此刻正抱著自己的膝蓋瑟瑟發抖，完全失去了昔日指點江山的雄風豪情。

「不用害怕，已經沒事了。」我抓著傑森的肩膀，看著他的眼睛：「兄弟，我來了。」

傑森離開台南太久，已經忘卻身為美食王者的榮耀。

這份缺陷，只能由我來補足。

「別擔心，我今天就帶你去吃好吃的，你等等我……」我當即拿出手機，google搜尋「新竹美食」。

在網路發達的現代，沒有什麼東西是google找不到的。

然而，我的眼睛慢慢睜大，手指顫抖。

手機螢幕上顯示著大大的404 not found。

簡直豈有此理。

「你什麼都不懂……」傑森絕望地流著淚：「我帶你去吃個麵，你就會明白了。」

那是一間很簡樸的麵店，沒有店名，沒有菜單。店中有的只是幾張簡陋的桌椅、幾副陳舊的碗筷。

「兩碗麵。」傑森說道。

老闆面無表情地點點頭，很快端上兩碗麵。

這間店的麵中規中矩，就像路邊的任何一碗麵一樣，毫無特色。

我看了傑森一眼，將筷子插入碗中。

稀哩呼嚕，我吃下第一口麵，在口中細細咀嚼。

麵的熱度普通、口感普通、只是……

「沒有味道。」我皺眉。

「吃慢點，用心點，仔細品嚐。」傑森說道。

我點點頭，又吃了一口麵，心中疑惑更盛。

「如何？」傑森問。

「還是沒有味道。」我面無表情。

「再吃，耐心點。」傑森看著我的眼睛。

我深呼吸，沉澱自己的心情，放下家鄉的驕傲，拋開固有的成見，夾了一口麵放入口中，閉上眼睛。

我已經不是用舌頭在品嚐，而是用精神、用靈魂、用全副身心在感受這碗麵。

不久後，我睜開眼睛。

「還是沒有味道。」我說。

「這樣你懂了嗎？」傑森哽咽。

我愕然。

我感受著麵的溫度在口中化開，心中五味雜陳。

我突然吃了一口麵，然後又一口，再一口。受到某種不可抗拒的魔力牽引，我狼吞虎嚥地吃完了麵，還捧起碗把湯喝得一乾二淨。

家鄉無數珍饈美味跑馬燈般閃過腦海。

麵終於漸漸有了滋味，酸苦乾澀。

原來如此，我總算懂了。

這才是無敵的食物。

不難吃，當然不難吃。

沒有味道的食物，怎麼會難吃？

這碗麵就像一面鏡子，能夠反映出人們內心渴望的味道。

「傑森，我想家了。」我放下麵碗，兩行清淚流淌而下。

「我也是。」傑森放下筷子。

沒有名字的麵店裡，兩個肥宅抱頭痛哭。

我終於明白，這裡賣的不是麵，是鄉愁。

⌂

土生土長的新竹人小米倒是對這種觀點很有意見。

「你知道為什麼新竹叫做美食沙漠嗎？」小米問我。

「不就這裡跟沙漠一樣都沒有美食嗎？」我說。

「果然是外地人腦迴路。」小米失笑：「『美食沙漠』這個名字，是在說新竹的美食多如恆河沙數啊！」

「有這種說法？我還是第一次聽說啊！」

「你之前去彰化吃過肉圓對吧？」小米說。

「對啊。」

「你也許不知道，新竹肉圓也是台灣一絕，跟其他地方吃起來都不一樣。」

小米露出神祕的微笑：「這其中又以飛鷹肉圓、龍王肉圓最負盛名。」

「聽名字感覺就很強呢。」我舔了舔嘴唇。

「走吧，讓你們這些眼高於頂的台南人開開眼界，台灣其他城市也是有美食的。」小米得意地挑眉。

於是小米就帶著我去見識店名像武林門派一樣的肉圓。站在店門口，我瞥見碩大的油鍋裡面，澄黃色的油正溫吞地滾動。

「其實我不太喜歡炸的肉圓。」我說道。

「這種料理方式叫油泡，就是用低溫去炸肉圓，皮吃起來比較軟Q。」小米解釋。

我看著石頭一樣沉在鍋底的肉圓，不知怎地完全提不起食慾。老闆撈起兩顆肉圓放進碗中，淋上醬汁與蒜泥，端到桌上。

「吃吧。」小米遞給我一雙筷子。

我看著肉圓油亮的外皮上，沒有瀝乾的油流淌到碗邊，然後慢慢跟醬汁混在一起，不由得吞了口口水。為了找到想吃的部位，我用筷子撥開肉圓的皮，露出殷紅的肉餡。

「……這顆肉圓在流血。」我摀著嘴。

「新竹肉圓用的是紅糟肉餡，特別夠味。」小米說。

我點點頭，用筷子繼續在碗中翻找，然後挖出一顆彈珠大小的球狀物。

「……這顆肉圓有結石。」我說。

「新竹肉圓裡面大都有包栗子喔，鬆軟清甜的栗子搭上紅糟肉餡，簡直就是絕配。」小米狼吞虎嚥地吃著自己的肉圓。

我遲疑了一會，把栗子放進口中緩緩咀嚼，果真鬆軟清甜。

然後我放下筷子。

「好吃齁？」小米嘴裡塞著食物，含糊不清地問道。

「好吃。」我是說栗子。

「要再叫一份嗎？」

「我吃飽了。」我微笑，推開碗。

我想，做人還是要留點口德吧？

六　南北粽之爭

台灣人是眾所周知的什麼都喜歡分派。

吃荷包蛋可以分成蛋黃全熟派跟蛋黃半熟派。

吃大腸麵線可以分成看到香菜會哭派以及不加香菜會死派。

連吃咖哩飯都可以分成把醬跟飯拌在一起派以及分開吃派。

拌在一起吃的人堅稱咖哩跟飯直到拌在一起之前都不能算是咖哩飯，分開吃的人則認為拌在一起跟廚餘沒什麼兩樣。

我真的不知道這有什麼好爭的，我最討厭的就是為了咖哩飯吵架的人，還有吃咖哩飯不拌在一起的人。

到底在想什麼？是不會直接喝咖哩嗎？

離題了。

派系鬥爭最劇烈的還是粽子，這也許是台灣南北戰爭的核心要素之一。兩千多年前屈原投江至今，粽子文化在亞洲各地開枝散葉，歷史淵遠流長，在台灣更是派系繁雜，種類多到可以開一個粽藝節目。

舉例來說，南部粽是將生糯米及餡料一起包進粽葉裡，直接用糖水熬煮，直到一粒一粒的米變成一坨一坨的泥。

北部人比較乾脆，直接把油飯包進粽葉裡面，然後假鬼假怪地再蒸一遍，做成間諜肉粽賣給公視拍攝生態紀錄片。

中部粽則是沒有忘記屈原投江的精神，堅持一命換一粽古法製作，最富人情味，每一口都能吃出靈魂。

我的北部朋友培文年輕不懂事，堅定地認為北部粽是台灣唯一合法的肉粽。「南部人是不是什麼料理都要做到跟鼻涕一樣才吃得下去啊？」他總是這麼說。

每次聽到有人說這種話，來自府城的傑森總是大大地不以為然。

「北部沒有粽子，要我講幾次？」他嘆了口氣。「我能理解你們想要跟風的心情，但人遲早還是得認清現實的。」

「你到底在供三小啊？」培文皺眉：「你就承認南部粽吃起來像漿糊很難嗎？」

「不是啊，我今天也不是要跟你戰南北。」傑森雙手一攤，說出戰南北的起手式：「兩個不一樣的東西怎麼比較？」

「就好像你不能比較北部的滷肉飯跟南部的滷肉飯哪一個比較好吃，因為北部根本沒有滷肉飯，這樣你懂嗎？」

「你就算要比，也要拿來跟南部油飯比，而且南部的油飯也沒有那麼難吃，這樣你懂嗎？」

「不是把油飯做成立體的就會比較好吃，就好像3D版的音速小子做得跟屎一樣還是贏不了2D版的，這樣你懂嗎？」

「我沒有要戰南北，因為北部根本戰不起來，這樣你懂嗎？」

⌂

我自己不太喜歡吃粽子，所以沒有特別偏好。

很多台南人吃到美味的粽子，就會覺得：「幹，這粽子這麼好吃，我怎麼可以自己吃？」然後他們就會一口氣買好幾串分送親朋好友。

他們沒有想到的是，那些親朋好友也都有自己喜歡吃的粽子，並且也都心有靈犀地覺得不能只有自己吃到。

基於一種「我家巷口屌打你家巷口」的驕傲，每年端午節都會變成以粽換粽大賽，家家戶戶的冰箱直接被粽子佔領。

你知道連續吃粽子一個禮拜的感覺是什麼嗎？

就好像喝了一公升的強力膠，每次排便廁所裡都是一陣腥風血雨。

你彷彿突然變成屈原，明明就只是靜靜地躺著，什麼都沒有講，人們卻不斷拿著粽子往你身上砸。

台南對粽子的愛不止深刻，而且狂熱，甚至有高中直接用肉粽的圖案當校徽，也就是世人熟知的粽子女中。

想起我高中的時候，無數血氣方剛的高中男生都被吸引到粽子女中附近徘徊，只為了欣賞香噴噴白嫩嫩的……的粽子。

想起那時的時光，真的是粽有千種風情，更與何人說？

話說回來，雖然我不吃粽子，倒是很喜歡吃一種類似粽子的料理，叫做鹼粽。鹼粽的製作方式是在糯米中加入鹼油，然後包進粽葉直接水煮，煮熟後沾糖粉或蜂蜜食用。

食用方式是用粽子沾起砂糖或蜂蜜，再就口舔食，吃完之後還可以用粽子擦去嘴角沾黏的糖粒再將其丟棄，不僅方便，並且非常台南。

想到這裡，我嘴又饞了，忍不住舔了舔嘴唇。

傑森跟培文還在我耳邊不斷爭辯。

「就算你把油飯捏成粽子的形狀包在粽葉裡它也不會變成粽子，這樣你懂嗎？」

「就像油宅包在潮衣裡面也不會變成潮男，這樣你懂嗎？」

「油飯就是油飯，油宅就是油宅，一輩子都是油宅，這樣你懂嗎嗚嗚嗚嗚嗚……」

傑森說著說著，難過地哭了起來。

七　國軍伙食

在台灣，「哪裡的食物最好吃」這個問題也許永遠都找不到答案，然而「哪裡的食物最難吃」卻鮮有爭議。

從人類文明學會用火以來，烹飪熟食的目的始終都是為了使食材更加美味、更容易下嚥。

有個地方卻反其道而行，致力於挑戰黑暗料理的極限。那裡是帶毛豬腳、蛋殼炒蛋、胡椒開水湯的發源地，號稱能讓食材再死一次的地獄——國軍廚房。

「國軍伙食」是個集負面印象於一身的暗黑料理流派，這名詞的涵義已經超越了難吃二字能夠概括的範疇，象徵著全台灣最不衛生、全台灣最不能吃、全台灣最讓人不敢回憶的食物。

多少年來，無數腸胃健康的年輕男子都在軍中留下一生無法抹滅的心理陰影。

他們都說，部隊裡伙食之差，連豬看到都會掉眼淚。

△

在軍中吃飯，我所學到的第一件事就是「眼見不為憑」。

猶記得新訓的時候，早上部隊運動完，走進餐廳準備用餐，我看到餐盤上盛放著漢堡，差點喜極而泣。

感謝國家感謝黨，沒想到在陰間還有幸能一嚐香雞堡。

然而就在我興高采烈地把麵包、洋蔥、火腿、雞塊、起司、番茄醬組裝完畢後，咬下第一口的瞬間，過往二十幾年的進食經驗受到巨大的衝擊。

眼前的團狀物體，空有漢堡的顏色形狀，卻沒有漢堡的味道。

究其根本，其實就是裹著番茄醬的麵粉糰。

這還只是開始，接下來的幾週內，國軍伙食一步一步扭轉了我對食物的概念。

饅頭、大亨堡、刈包、吐司、飯糰、奶皇包、芝麻包、紅豆包、珍珠奶皇包……外型多采多姿的國軍早餐，其實殊途同歸，不過就是結塊的澱粉罷了。

漸漸的我察覺到，只要塗上番茄醬、美乃滋或是果醬，就算放進嘴裡的是泥巴我也會想辦法吞進去。

剛開始大家頗不習慣，吃飯時愁眉苦臉，食慾不振，抱怨聲此起彼落。

「怎麼每天都吃柳丁，那個皮超難剝。」

「這個稀飯真他媽稀，我還以為在喝水。」

「幹！我的冬粉上面有蟲！我受夠了！」

然而人類的適應力很強大，到底大家都還年輕，除了強健的腸胃，還有著一股「反正吃不死人」的傻勁。

慢慢的，用餐的時候對話已經變成：

「那邊那個柳丁皮還有人要吃嗎？沒有的話我夾去配飯喔。」

「欸欸，今天的湯料超多，我剛剛還撈到一粒米。」

「這道螞蟻上樹真的是滿滿的螞蟻，不愧是真材實料、童叟無欺的佳餚。」

除了模仿陽間食物外，國軍偶爾也會製造出無法歸類的奇妙餐點。

記得有次午餐，我們在餐盤上看到韭菜與豬絞肉拌在一起清蒸的印象派料理，不禁悲從中來。

「這個熟悉的味道是……」同桌的阿兵哥不約而同皺起眉頭。

「是水餃餡啊！我們的配菜是包水餃剩下的餡啊！」我簡直欲哭無淚。

那道菜很難吃。

我說很難吃，並不是指味道不好，單純是指「要把這種東西跟白飯一起放進嘴裡」這件事很困難。

世界上許多互不相干的食材，混在一起能夠調和成絕妙的平衡，比如泡麵拌布丁，比如薯條沾冰淇淋，又比如麥香雞加巧克力。

但這其中絕不包含水餃餡跟白飯，絕不。

豬肉與韭菜哀傷地糾纏在一起，散發出中人欲嘔的氣味，與其說是料理，不如說是食物的屍體。

水能載舟亦能覆舟，料理可以是帶來幸福的魔法，也可以是摧殘人類心智的精神兵器。

國軍廚房就是有本事反璞歸真，用最平凡的料理營造最深刻的恐懼。

有一陣子，打飯班那裡傳來了風聲，伙房裡存有大量即將過期的綠巨人玉米罐頭，弟兄們聽到這個消息紛紛面如土色。

接下來的兩個禮拜，早餐是玉米粥＋玉米炒蛋，午餐吃玉米炒火腿佐玉米濃湯，晚餐吃玉米涼拌豌豆搭上玉米清湯。

其實我一直都不是排斥玉米的人。

但是如果一個人早上睜開眼睛就能看見玉米、上廁所可以在自己的大便裡找到玉米、最後連作夢都夢到玉米的時候，他的人生一定是哪裡出錯了。

我終於知道玉米罐頭包裝上的那頭巨人為什麼是綠色的。

那是悲傷的顏色，也是國軍的顏色。

⌂

我不得不再說一次，人類的適應力真的很強大。

在軍中，真正值得恐懼的不是千奇百怪的食物，而是自己日漸麻痺的味蕾與神經。

尤其是不久後的某個星期一早上，我發現自己看見十幾隻小蟑螂在餐桌上爬梭還能心無窒礙地用餐的時候，就知道自己體內的某個部分正受到一種不可逆的轉變。

「喂，你是不是又變胖了啊？」我瞪著趴在花枝丸上的小強七號，心有不滿：「不用操課就能吃飯，國家花那麼多錢養你這個米蟲幹嘛？」

小強七號繼續無賴地霸佔我的花枝丸，我只好無奈地把它捐給鄰兵吃掉。

當時的我以為自己已經足夠成熟，能夠承受任何精神方面的打擊。

直到一個月黑風高的夜晚，我們被交付打掃廚房的重責大任，一行人拿著刷子，踩著拖鞋，浩浩蕩蕩打開餐廳的大門，直直走進黑漆漆的廚房。

啪滋啪滋，地板上經年累月的厚厚油垢像膠水一樣黏著鞋底，使得我們舉步維艱。

啪答。我們打開廚房的燈。

數十道呼吸瞬間停止。

不是我們的呼吸，而是生活在廚房內的生物的呼吸。

嗖嗖嗖嗖嗖……

霎時間，餐廳地板上無數黑影在櫥櫃間來回穿梭，萬頭攢動，好不熱鬧。一道道毛茸茸的殘影擦過我的腳踝，雞皮疙瘩爬上臂膀，我臉色瞬間鐵青。

我這才明白自己錯的有多離譜。

原來這裡不是廚房，是蟑螂老鼠的原生棲息地，擅自闖進來打掃的人類才是破壞生態的外來種。

我們齊齊轉頭看向帶我們過來的維尼班長。

據說維尼在調過來我們連隊之前，是在伙房工作多年的伙房兵，經驗豐富的他想必有一套辦法。

平時和藹可親、臉上總是掛著笑容的維尼班長，此刻神情肅穆，毫不畏懼地往前踏了幾步，走到一張鐵桌前，端起一口閃著噁心油光的碗。

就在十秒鐘前，一隻肥大的老鼠還趴在碗的邊緣舔油。

他把碗端到鼻尖前面嗅了嗅，然後嚴肅地點了點頭。

我們所有人不發一語，專心地看著班長的行動。

班長接著走到一個塑膠桶旁邊，用油膩膩的碗裝了一碗黃澄澄的液體。

「那是……今天早餐的麥茶嗎？」我眉頭一皺。

難不成班長要用麥茶驅鼠？

卻見班長端起碗，就著口，將碗中的麥茶一飲而盡。

「……」我們全部目瞪口呆。

班長喝完麥茶，用衣袖抹抹嘴，露出滿足的笑容說道：「好啦，開始打掃吧。」

幹！

你他媽是在喝三小啦？

說到底你才是這個廚房裡最髒的生物吧？

那天晚上，我剛好的咳嗽復發，一邊刷著黏膩的地板一邊咳到差點吐出來，過了好幾週才復原。

隔天開始，我徹底失去面對現實的勇氣，每天用餐的時候，我都告訴自己那只是一場夢，然後眼神呆滯地嚥下盤中的食物。

想起那段時光，我只能不免俗地說一句：還好我退了。

參——人文氣候

一　不存在的台北

俗話說得好，比宇宙更遙遠的地方在南極，比北極更北邊的地方在台北。

前面已經介紹過台灣南北食物的差異，現在要講講台灣南北的定義。

也許你也曾為了台灣的地名而納悶，為什麼北港不在北部、南港不在南部；北投的確是在北部、但南投又不在南部？

台灣人南北部的分界可以說是眾說紛紜。

有人覺得濁水溪以南就算南部，也有人認為台中以南就算南部，更有人說捷運圓山站以南就算南部。

還記得當初我要到新竹唸書，特別跟板橋人中哥視訊。

「我要到新竹念書了，以後我們都在北部，可以常約。」我興奮地說。

「……」

螢幕那頭一陣尷尬的沉默。

「新竹不算北部吧？」中哥皺眉。

「新竹還不算北部？」我張大嘴。

「北極圈以南都算南部。」中哥說道。

「那全台灣都是南部啊幹！」我怒道。

「沒有錯啦，你們這些死南部人。」中哥冷笑。

「靠么，你們台北人不也在……」我話還沒說完，就被中哥揮手打斷。

「別、別亂講話，我不是台北人。」剛才還盛氣凌人的中哥，突然壓低音量，彷彿做了什麼虧心事。

「對不起，剛剛是我太囂張了，其實我只是板橋人而已。」

「板橋還不算台北？」我詫異。

「板橋算新北。」中哥赧然說道。

「有差嗎？」我歪著頭。

「傻孩子。」中哥嘆了一口氣，說道：「等哪天你有機會到台北就知道了。」

△

台北台北，那是一個多麼神聖而遙遠的詞彙！

作為台灣政治金融中樞，台北早已超脫台灣其他行政區，成為凌駕萬國的帝都。

對許多民眾而言，台北就像是存在於傳說中的國度。

有些陰謀論者甚至認為，台北根本就是政客憑空揑造杜撰的烏托邦。

心理學家則指出，台北極有可能只是民眾的集體幻覺。

目前可信度最高的說法是，台北其實是一座浮在空中的天空之城，主宰台灣的一切人事物。

即使是坐落於台北市外圍的新北各地區，也有其各自的傳奇色彩。

滿天都是天燈的平溪、遍地都是犯人的土城、自帶八卦迷魂陣的中和、絕對不在保存期限內吃豆腐的深坑、水龍頭打開就有豆漿流出來的永和……

對我這樣的南部小孩而言，台北是一個矛盾的存在，既像是乘載夢想與希望的理想鄉，又像是吞噬無知鄉下人的巨大魔獸。

還記得小時候，村裡的長老總是告誡我：「沒事不要去北部，壞人很多。」

「為什麼？」我年少無知地問。

「我們南部人民風淳樸，很容易被騙。」長老看向遠方，說起年輕時的故事：「三十年前，我也曾胸懷遠大的抱負，變賣所有的家產作為盤纏，離鄉背井到北部打拼。」

「長老去過台北啊！好厲害，然後呢然後呢？」我的眼裡充滿崇拜的小星星。

「然後我在北車就迷路了，滿腹雄心壯志就此付諸流水。」長老嘆息。

「……你的雄心壯志也太脆弱了吧。」我傻眼。

長老慈祥地摸摸我的頭，接著說道：「你就像年輕時的我一樣，什麼都不懂，不曉得人心的險惡，不知道原來板橋不是橋、南港根本沒有港、內湖非湖、大安不安、信義無義……」

長老的臉上滿是滄桑，眼神迷離，思緒彷彿漂流在過去。

「我還記得，那是一個寒流來襲的黑夜，我飢寒交迫，用身上僅存的幾兩碎銀在街邊換了一餐，沒想到……」

蒼老的身軀顫抖，空氣中滿溢炙熱的悲慟。

「台北連滷肉飯上面都沒有放滷肉！」他哭號。

「幹！那不就是肉燥飯嗎？」我驚怒。

「沒錯！那他媽就只是肉燥飯啊啊啊啊啊啊！」長老目眥盡裂，仰天長嘯。向來沉穩的長老此刻就像一個無助的嬰兒，哭到整個人趴在地上，老淚縱橫。

「為什麼要騙我？為什麼要騙我嗚嗚嗚嗚嗚……」

至今，他撕心裂肺的慘嚎聲仍在我耳邊縈繞不絕。

☖

等我真正拜訪台北，已經是好幾年以後的事。

說起來，我能入境天龍國還是托了這本書的福。

那天，我有幸和有方文化的社長與總編輯見面，約定的地點在永康街的一間咖啡廳。

我鄉下小孩沒見識，想說我小時候在台南永康長大，環境應該差不多。

搭捷運到了目的地才發現，原來永康街位於尊爵不凡的北市大安區。

我戒慎恐懼地出了捷運站，發現這一帶的餐廳價格都比台南多一個零，不禁肅然起敬。

果然一寸光陰一寸金，千金難買大安區。

我從懷裡拿出指北針，發現指針像發瘋一樣狂轉。

還在驚愕間，路邊一個人拉了拉我的衣服。我回頭一看，是個衣衫襤褸、蓬頭垢面的乞丐。

乞丐捧著一個紙碗，碗中裝著幾張千元鈔票，露出一口參差不齊的缺牙，輕蔑地笑著。

「南部人，呵呵。」他拿出一張千元鈔，輕輕放進我上衣的口袋裡。

不愧是大安區，連乞丐都把我當乞丐。

「有、有錢了不起啊？」

我憤怒地撥開乞丐的手，把鈔票收進口袋，有骨氣地說道：「謝謝！」

△

余姐是有方文化的社長，談吐溫儒，儀態端莊，渾身散發一股雍容嫻雅的文學氣息，使我不禁自慚形穢。

「這是我的總編輯，你們認識一下。」余姐向我介紹了身旁的年輕女性。

總編輯的氣質很奇特，慵懶中帶著點厭世，就像貓一樣，所以我叫她貓小姐。

「你就是二師兄？」貓小姐冷冷地開口。

「是，您好。」我畢恭畢敬地鞠躬。

「我看過你寫的東西。」貓小姐的臉上好像結了一層霜。

我瞬間汗出如漿。

「對不起。」我其實也不知道自己為什麼要道歉。

「你知道編輯這份工作，最痛苦的事是什麼嗎？」貓小姐輕聲問道。

「看很多字很累嗎？」我猜測。

「不，是要看一堆垃圾。」貓小姐用看髒東西的眼神看著我。

「辛苦了……」我陪笑。

「我不看垃圾，懂嗎？不、看、垃、圾。」貓小姐每說一個字，指節就在桌上敲一下。

我只好點點頭。

「你平常都寫什麼類型的作品？」余姐突然問。

我張開嘴巴，想起過去在PTT上寫過的怪力亂神，一時間不知道該怎麼歸類自己的文章。

「純文學。」我瞇起眼睛。

「純文學？」貓小姐皺眉。

「很多網友看過我的文章後，都會在下面留言說，這篇很純。」我硬著頭皮說道。

「你的文章下面，很多人都問，你到底嗑了什麼？這是什麼意思啊？」余姐又問。

「那是讀者在關心我有沒有按時吃飯，真是一群貼心的傻瓜。」我昧著良心回答。

「哼嗯——」貓小姐拖著長長的鼻音，在一旁翹起了腿，好整以暇地看著我說謊。

「別說這個了，我第一次來台北，有好多問題想請教。」我趕緊轉移話題。

「你說。」余姐親切地笑著。

我拿出筆記本，終於問出心底埋藏多年的疑問。

「在台灣到底要多北才算北部啊？」

咖啡廳裡霎時一陣靜寂，所有人都豎起耳朵傾聽。

「你有上過高中地理課嗎？」貓小姐不答反問。

隔壁桌正在唸書的高中生嗤地笑了一聲，從書包中拿出地理課本，啪地一聲摔在我臉上。

我定睛一看，乖乖不得了，我真是孤陋寡聞，這麼多年書都白唸了。

根據課本上的敘述，台北市中心就是北極點，站在這個點上面所指的任何方向都是南部。

「問題是，到底哪裡才算台北市中心啊？」我抱持著認真向學的精神繼續發問。

聽到這個問題，咖啡廳裡登時一陣騷動，來自台北各地的人們紛紛發表高見。

「我信義共和國群英匯聚、寸土寸金，堪稱『真・台北市』。」

「放屁！我大安自治區臥虎藏龍、人文薈萃，實乃『超・台北市』。」

「我大天母帝國千秋萬世、長樂未央，才是貨真價實的『聖・台北市』啊！」

「笑死，出了忠孝敦化共榮圈以外都是蠻夷之地啦！」

群情激憤中，我默默低下頭，偷偷在咖啡裡面加糖。

「台北不是我的家，我的家鄉沒有紅綠燈……」我小小聲哼著歌。

回到一開始的話題，一直到今天，我還是不知道台灣北部到底在哪裡。

二　世外桃園

我研究所同學的朋友阿強是桃園人，從小在桃園唐人街長大，大學以後都在新竹唸書。

阿強是個很隨和的人，當同學們都在抱怨新竹沒什麼景點、食物也不合胃口的時候，他總是笑笑地說：「我桃園人不敢嫌。」

還記得有次出國玩，人家問他從哪來。

「Taiwan。」阿強回答。

「Thailand？」對方歪著頭。

「Taoyuan。」阿強皺眉想了想，換了個答案。

「Thailand？」對方還是歪著頭。

「算了，差不多囉。」阿強不以為意地聳聳肩。

他就是這麼隨和。

學校繁忙的課業纏身，阿強不能常回家，每次想家的時候只能到超市買一包印尼炒泡麵，邊吃邊看著從桃園高空拍攝的俯瞰照片。

照片中的桃園市山明水秀，大大小小的埤塘點綴在綠地間，閃爍發光，像極了一串串晶瑩剔透的玻璃珠。

「好漂亮……」我讚嘆。

「桃園埤塘文化發達，素有『千塘之鄉』的美譽。」阿強驕傲地說。

「這個最大最亮的埤塘是？」我指著照片上一處顯眼的水窪。

「喔，那是桃園機場，俗稱東方明珠、台灣威尼斯。」

⌂

那天談話後，我對這座美麗的城市心生嚮往，終於在某次假日一時興起，決定搭火車到桃園旅遊。

上了火車，我心情愉快地打起盹。

睡夢間，廣播小姐的聲音在耳邊響起。

「……桃園站到了，請您收拾好隨身攜帶的行李，準備下車，謝謝您的惠顧，敬祝您健康愉快，萬事如意……」

我睡眼惺忪地醒來，只見車門打開後，大批乘客蜂擁上車，車廂內頓時一陣喧嘩。

馥郁的香水味撲鼻，熱情的人們在我身邊歡快地談笑，我彷彿置身於活力四射的異域，精神為之一振。

難道我睡過站了？

眼看車門就要闔上，我驚慌地下了車，看著站牌上的多國文字，腦中一片空白。

……我這是到了哪裡？

「不好意思，請問這裡是哪裡？」我對著一群正在等車、皮膚黝黑的小姐問道。

「bạn xấu xí！」

「chàng béo！」

「Đồ ngốc！」

小姐們一陣甜笑，可惜我英文不好，聽不懂她們在說什麼。

我只好轉而問另一個路過的女學生。

「不好意思，請問妳是桃園人嗎？」

不料女學生柳眉怒豎，杏眼圓睜，狠狠瞅了我一眼。

「我是中壢人。」她咬牙說道。

「痾……所以是桃園人嗎？」我茫然。

「你才桃園人！你全家都桃園人！」女學生激動地大叫：「中壢桃園！一邊一國！」

她這一叫，引來了身旁一個中年男子的注意。

「嚷嚷什麼呢？這位桃園市中壢區的小姐？」男子冷笑。

女學生聞言，橫眉豎目地道：「中壢歷史悠久，文化豐富，素有小曼谷的美譽，桃園拿什麼跟我們比？」

「桃園海納百川，廣招英才，越、菲、泰桃園三結義的佳話流傳千古，蔚為美談，儼然已經成為全台最國際化城市。」男子傲然答道。

「中壢發展進步，自古與彰化南投並稱中彰投地區，與桃竹苗一帶向來平輩論交，互不進犯。」女學生不甘示弱地反擊，舉手投足間就顛覆了我陳舊的地理知識。

我愣在原地不知所措，沒想到連同一個縣市都可以戰南北，桃園桃園，果真是世外桃源。

「中壢自古以來就是桃園神聖不可分割的一部分，妳若是再冥頑不靈，我不排除以武力捍衛領土完整性。」男子恫嚇。

「中壢李姓選民遍布全台，人多勢眾，一呼百應，要在一夜間拿下整個桃園、把你家機上盒變成南桃園有線電視也是輕而易舉，難道還怕了你不成？」女學生毫無懼色地昂起頭，氣勢凜然。

「你走你的桃園大道，我過我的中原陸橋！」

兩人怒目而視，現場氣氛一時間劍拔弩張。

「不好意思打擾一下，所以先生你是桃園人嗎？」我舉手發問。

「沒錯。」男子挺起胸膛。

「桃園哪區？是桃園市桃園區的超級桃園人嗎？」我保險起見確認。

「啊，沒有，我高雄桃源區啦哈哈哈。」男子靦腆地抓抓頭。

「靠北喔，那你是在吵三小啦？」我翻白眼。

搞了半天，我還是沒有得到在地桃園人的嚮導，胡亂吃了點街邊小吃，悻悻然回到新竹。

回到新竹後，我跟阿強說起這件事，阿強靜靜聽著，還是笑笑不說話。

「所以桃園到底有甚麼在地特色啊？」我終於忍不住問。

「硬要說的話還是有一個。」阿強沉吟。

「喔？」我洗耳恭聽。

「桃園第一志願武陵高中，是男女合校。」

我愕然。

幹！好羨慕！

還比個屁？光憑這點台南直接被吊起來打！

「桃園沒有男校，我們的青春歲月，都是跟女高中生一起度過的。」阿強用憐憫的眼神看著我。

不知道為什麼，我的眼眶突然有點濕濕的。

台南囝仔的驕傲徹底粉碎。

原來桃園最美的風景，是人。

——阿母，為什麼我不是桃園人？

「你知道為什麼每次戰縣市我都不說話了嗎？」阿強微笑。「我武陵高中畢業，看你們可憐不忍嘴而已。」

三　風城新竹

我大學時有個朋友叫小米，從小在新竹長大。

小米有個奇怪的嗜好，他很喜歡吹風，認為風能帶給他家的感覺。

「難過的時候就吹吹風，風會吹散一切憂愁。」小米是這樣說的。

他在宿舍裡擺了一台工業用電扇，想家的時候就會坐在電扇前面吹上好幾個小時，每每吹得寢室遍地狼藉。

有次小米失戀，想用米粉在寢室上吊，被大家抓起來狠狠痛扁了一頓。

「你他媽能不能振作一點？到外地讀書誰不想家？你要適應環境，不是讓環境來適應你！」我忿忿地看著從家裡帶來的砂糖被吹得散落一地。

「沒有吹過新竹的風，你又怎麼會明白我的感受？」小米含著淚。

「講得好像台灣其他地方沒有風一樣。」我嗤之以鼻。

直到我研究所來到新竹念書，才知道這裡的風有多喧囂。

「在外地要好好照顧自己，祝你一路順風。」我離家前，母親這樣跟我說。

「不對。」我搖搖頭，帥氣地說道：「五月天說過，逆風的方向，更適合飛翔。我要逆轟高灰啊！」

「好啊，你到新竹的時候再視訊，飛一個我看看。」我媽冷笑。

來新竹的第一晚，我還沒租到房子，暫時寄居在朋友傑森的房間。

「欸，跟你借一下吹風機。」剛洗完澡的我一邊擦頭一邊說。

正在打遊戲的傑森沒有回頭，背著身對我招了招手。

「幹嘛？」我不明所以地走近傑森。

傑森打開窗戶，外面狂風呼嘯。

然後他猛然揪住我濕漉漉的頭髮，把我的腦袋按在窗外。

「你想幹什麼&#asdf@s&#d^^&df&%ki……」

狂暴的氣流從四面八方灌入我的眼耳口鼻，把我吹得七竅生煙。十幾秒後，傑森把我的頭拉回室內，右手還流暢地操作著滑鼠。

我兩眼呆滯，頭髮已乾。

「出來生活大家都不容易，能省則省。」傑森眼睛還是盯著螢幕，漫不經心地關上窗戶。

生活了一陣子後，我總算深刻地體會到，新竹的風真的是沒在跟你開玩笑，騎個車都能被吹到對向車道。

我在台南停車鎖安全帽是因為怕被偷走，在新竹停車鎖安全帽是因為怕被風吹走。

那時的我好傻好天真，以為鎖安全帽就沒事，殊不知隔天早上起床，打開窗戶就看見整台機車被狂風摁倒在地上磨擦。

小時候看到「寒風割面」這句成語，都覺得太誇張；現在我才知道，別說是割面了，新竹的風根本想直接把整顆頭都扭下來。

搞得我每天都像尚書大人，風往哪吹就往哪倒。

想當初我興致勃勃地問傑森有空要不要去戶外放風箏，他就說了一個故事給我聽。

「我大一的時候，也有個同學約我去南寮漁港放風箏。」

「結果呢？」

「結果那天我睡過頭沒赴約，醒來才知道，那個同學跟風箏一起飛走了，我到現在都還沒找到他。」

「這麼誇張？」我狐疑。

「不要不信邪，我再跟你講一個故事。」

傑森眼神朦朧，沉浸在過去的回憶裡。

⌂

兩年前的迎新活動，有個外地來的學弟在大草原上當著全系的面跟喜歡的女孩子告白了。

「大！風！吹！」男孩扯開嗓子大吼。

「吹！什！麼！」系上的同學們熱烈回應。

「吹——我喜歡的那個她！」男孩吼得那樣用力，耳根都紅了。

同學們紛紛倒抽一口涼氣，現場氣氛頓時曖昧旖旎。

「我剛來新竹的時候，什麼都不懂，連新竹麥當勞可以點到貢丸漢堡都不知道。」

男孩緩緩走到心儀的女孩面前。

「那個時候，是學姊拯救了我，教會我怎麼在這裡生活下去。」緊張得全身發抖的男孩，鼓起勇氣把情書送到女孩手中。

「等我意識過來的時候，已經深深喜歡上學姊了，請跟我交往吧！」男孩閉著眼睛大叫。

系上的同學開始鼓譟，期待著女孩的答覆。

「不要答應他！」

「拒絕他！拒絕他！」

「學姊你也敢出手！？你過來！我保證不打死你！」

「殺他全家！打他媽媽！」

在學長們悲憤的嘶吼中，女孩低著頭，滿臉通紅地把情書折成紙飛機，對著男孩射出。

「等紙飛機落地的時候，我們就交往吧。」她輕聲說道。

草原上頓時歡聲雷動，喜氣洋洋。

「好浪漫的故事，年輕真好呢。」我微笑，可惜這些機會都不是屬於我的。

「別傻了。」傑森沉痛地指指天空：「現在那架紙飛機還在天上飛。」

「三小？」我錯愕。

「這就是學姊教會他的最後一件事——新竹風，卡大㑳祖公。」

「幹，真是太殘忍了。」

到現在，每次我被風吹到懷疑人生的時候，就會想起那個素未謀面的學弟。

我想，他應該連靈魂都被吹散了吧？

⌂

冬天的時候，我才知道新竹的風不只大，而且冷。

才十二月初，我已經穿著最保暖的外套出門，晚上躲在最厚的棉被裡發抖，震得床板嘎吱作響，連打字的時候凍僵的指節都不太活絡。

「這幾天是在冷幾點的？寒流嗎？」我問小米，鼻涕懸在鼻頭，緩緩結冰。

「寒流？」小米失笑：「現在還是秋天，傻傻的。」

「你在新竹這麼多年，衣服都怎麼穿啊？」我向在地人虛心求教。

「穿外套啊。」小米理所當然地說。

「我只有一件防風外套。」我指指身上在登山用品店買的昂貴外套。

「防風？你在新竹跟我提防風？」小米冷笑。

他拿出一件厚重的背心，背心上頭有很多口袋，口袋裡裝滿沉甸甸的鉛條。

「這防彈背心吧？」我大駭。

「在新竹穿背心不是為了要防風，是為了不讓風吹走。」

小米把外套放在我的手上，我瞬間被恐怖的重量壓垮。

「那、那保暖怎麼辦？」我絕望地問。

「保暖？」小米的臉色突然黯淡。

「新竹到底還要冷到什麼程度？南部肥宅快頂不住了。」我牙齒打顫。

「在新竹，你還想保暖……」小米彷彿沒有聽到我說話，只是喃喃唸著。

那天，我從小米口中聽到一件傷心往事。

「我還記得小時候，有年冬天我跟家人去合歡山上避冬，山上下著雪，四周一片銀白，真是漂亮極了。」

「我在山上堆了一個小雪人，拔下兩顆鈕扣給它當眼睛，心裡越看越喜歡，就問媽媽能不能把雪人帶回家。媽媽卻跟我說，雪人不能下山，一下山就會死掉。可我真的捨不得跟雪人分開，要回新竹的時候，瞞著媽媽把雪人藏在衣服裡，偷偷帶回房間。那天晚上，我心滿意足地抱著雪人睡著了。」

說到這裡，小米的眼眶已經泛紅：

「隔天早上醒來的時候……雪人已經……已經……」

結局可以猜想的到，小男孩無知的善意只能換來心碎的結局。

「你不是故意的。」我拍拍小米的肩膀。

「是我的錯，是我的自私害了他。」小米哽咽，仍堅持把話說完。

「隔天早上我醒來的時候，雪人已經凍死在我的懷裡。」

「三小。」我驚愕。

「你還記不記得幾年前，高雄的盛夏正午，你在烈日下曬得發燙的車殼上打了一顆雞蛋，居然把蛋煎熟了。」

「記得。」我真懷念那時候的陽光。

「有年冬天，我在室外放了一顆雞蛋，你知道發生什麼事嗎？」

「變成雞蛋冰了嗎？」我猜。

「豈止。」小米搖搖頭，凝重地說道：「隔天早上，那顆雞蛋孵出了一頭北極熊。」

幹，居然直接給我冷到基因突變。

寒風吹過，我忍不住打了個冷顫。

我瞪大眼睛，看著手臂冒起的雞皮疙瘩上，一根銀白色的毛髮正隨風搖晃。

四　永遠都在下雨的宜蘭

介紹完新竹的風，免不了要提到宜蘭的雨。

我大學另一個學妹小嬿，就是宜蘭羅東人。小嬿知道我在寫台灣各地的純文學，總是嚷嚷：「宜蘭呢？什麼時候寫到宜蘭？」

「就要寫到了啊，話說宜蘭算是北部還是東部啊？」我隨口問。

小嬿愣了一下，意味深長地看著我。

「學長，有空來宜蘭玩啊，我招待你。」她這樣說。

那時候的我年少無知，還不知道社會上有一種高深莫測、包裝精美的幹話，叫做客套話。所以我信以為真，在大學時的某個暑假，就打電話給小嬿，表明想去宜蘭觀光。

「夏天有很多颱風，宜蘭每天都在下雨，你不要夏天來啦。」小嬿在電話那頭遺憾地說。

我於是打消念頭，為了避免遭遇秋颱，我直到寒假才再次提出去宜蘭旅遊的邀約。

「現在東北季風盛行，宜蘭每天都在下雨，你不要冬天來啦。」小嬿語氣平淡地說。

我只得耐心地等待，到得春暖花開、鶯啼燕語之時，又打了一通電話給小嬿。

「現在梅雨季，宜蘭每天都在下雨，你不要來……我是說你不要春天來啦！」小嬿有點不耐煩地說。

「幹！妳剛剛是故意說漏嘴的吧！」我憤怒地對著話筒咆哮：「宜蘭一年四季都在下雨是不是？」

「是啊，我上一次看到太陽，應該是小學六年級的畢業旅行吧？」

「我不管，我今天就要去宜蘭玩！今天就要！」我大吼：「我要吃牛舌餅！我要逛喜互惠！」

我當即買了車票，搭客運到台北，轉乘火車前往宜蘭。

到了宜蘭火車站，夢幻般的童話世界映入眼簾。可惜的是，這個童話世界正在下雨。

「學長，我在這裡。」不遠處，小嬿朝我揮手，愉快地說道：「今天天氣真好呢，看來我準備的晴天備案是用不上了。」

就在這時，幾個國中生在我面前騎腳踏車經過，只見當先那人一手撐傘，一手扶著龍頭，穩穩地前進著。

「好厲害的平衡感。」我說。

「宜蘭人或許是最會用傘的民族喔。」小嬿驕傲地挺起胸膛。

第二個國中生騎車經過，居然兩手各撐一把傘，只剩雙腳踩著踏板。

「這是特技吧！？」我讚嘆。

緊接著，第三個國中生經過，除了雙手各撐一把傘，居然連雙腳也用腳趾夾著傘，就這樣四肢大張，藉著風力從我面前飄過。

「三、三小啊……」我嘆為觀止。

「先去我家吃個飯吧？」小嬿說道。

我看看外面的雨，又看看小嬿的機車。機車正前方裝著一片大大的擋風玻璃，一看就知道擋不了雨。我嘆了口氣，莫可奈何地上了車。

五分鐘後我才知道，原來那片玻璃本來就不是拿來擋雨的。

微風飄飄，細雨漫漫，我們在田邊小路上緩慢地騎著車。

劈哩啪啦……

細密的爆響聲不斷傳來，無數微小的黑點子彈一樣打在擋風玻璃上。

「這裡的小黑蚊兇得很，小心不要被叮到。」小嬿好心地提醒。

「這麼兇的嗎？」我瞇起眼睛，看見成片的小黑蚊乘著雨勢，神風特攻隊一樣不斷衝撞著擋風玻璃。

「我們每天打蚊子都打出心得了，跟你說，兩年前我阿嬤去羅馬尼亞旅遊，晚上在外散步散到迷路，不小心走進一棟很有名的城堡。」

「妳是說德古拉堡？」我倒抽一口涼氣。

那是驍勇閃戰的德古拉伯爵生前居住的城堡，傳聞德古拉後來背棄上帝，成了恐懼陽光、吸食鮮血的妖魔，也被廣泛認為是吸血鬼的始祖。

「對，就那個。」小嬿接著說道：「我阿嬤說她走在城堡裡面，突然感覺脖子被蚊子叮了一下，一巴掌呼過去，居然拍死了一頭蝙蝠，她那個時候還想說國外的蚊子怎麼這麼大。」

「靠北！你阿嬤把吸血鬼始祖打死了啦！」我大駭。

「是喔？反正吸血鬼大概也沒宜蘭的蚊子兇。」小嬿聳聳肩：「宜蘭的蚊子是真的兇啊，你沒看到政府跟牠們簽了人蚊互不侵犯條約，特別蓋了一座科學園區供養蚊子，就知道我們有多怕。」

我們到了小嬿家，那是一棟令我印象很深刻的房子，從一樓到三樓都被鐵捲門牢牢包圍，宛若一座堅不可摧的堡壘。

兩個面色蒼白的男人站在門口，小嬿的阿嬤正佝僂著背、側著耳朵仔細聽他們說話。

「我們不是來傳教的！是來為始祖復仇的！妳到底聽清楚沒有！」左邊的男人帶著外國人的腔調，語氣很不友善，眼裡閃爍著妖異的紅光。

「要講幾次？我們家拜佛的啦！」阿嬤大聲地吼了回去。

「臭老太婆！妳再裝傻沒關係！」右邊的男人憤怒的張開嘴，露出尖銳的獠牙。

啪。

阿嬤迅雷不及掩耳地搧了他一巴掌，雄渾的掌力激盪，震斷了男人的牙齒。

「有蚊子。」阿嬤瞇起眼睛，說道：「啊我看錯了，那是一顆痣。」

「妳！」另一個男人怒不可遏地揚起手，五根指甲陡然暴長，像五柄鋒利的匕首，朝阿嬤劈落。

噹。

千鈞一髮之際，阿嬤竟用一件8字型的法器格擋住利爪。

「那是什麼兵刃？」我問。

「那是衣架啦，我阿嬤可能曬衣服曬到一半。」小嫵打了個呵欠。

「騙鬼啊！為什麼衣架是那種形狀？」我嚇得不輕。

「我阿嬤說這樣衣服比較快乾。」小嫵聳聳肩。

啪。響亮的掌聲再度響起。

「啊，我又看錯了，這顆也是痣，抱歉抱歉。」阿嬤的語氣毫無悔意。

兩個男人臉頰高腫，攙扶著彼此，跌跌撞撞地離開，一面走還一面烙下狠話：「妳給我記住！我一定回來吸乾妳的血……」

「阿嬤，我回來了。」小嫵開朗地笑著：「這我朋友。」

「哩賀。」我敬畏地打了招呼。

「挖靠欵落雨，你干欲洗婚蘇？」阿嬤問我。

「欲安納？」我一時沒聽清楚。

「洗婚蘇。」阿嬤又說了一遍。

「阿嬤問你要不要洗澡啦！你聽不懂台語？」小嫵用手肘撞了我一下。

「欸？」我歪著頭。

「先筊ㄅㄨㄣ，哩鐵調羹仔齁伊。」阿嬤對著小嫵說道。

「賀。」小嫵應聲。

「阿嬤說什麼？」

「你到底會不會講台語啊？」小嫵不耐煩地說道。

「妳阿嬤跟我阿嬤講的不一樣啊！妳阿嬤是不是假阿嬤啊？」我怒道。

「你阿嬤才假阿嬤咧！」

我們兩人一邊爭執一邊在桌邊坐下，桌上擺著好大一盆香噴噴的油炸物，令人食指大動。

我的氣馬上就消了。

撇開天氣不談，宜蘭山川秀麗、景點繁多，是個適合旅遊的好地方。除此之外，宜蘭也是許多特色美食的產地，三步一肉羹、五步一蔥油餅，據說連騎車在路上都可以撞到櫻桃鴨。

「宜蘭還真是個好地方，怪不得有台灣後花園之稱。」我想起一路上的風光，不由得感慨。

小嬿的肩膀震了一下。

「後什麼？」她的笑容突然變得很僵硬。

「後花……」

我還想說話，小嬿把一塊糕渣放進我嘴裡。

我瞪大眼睛。

「我沒聽清楚，你再說一次。」小嬿看著我的眼睛。

我想說話，卻發不出聲音。我彷彿含著一塊炙得通紅的鐵塊，恐怖的高溫在口腔中爆炸，瞬間奪走我的語言能力。

好燙。

好燙的糕渣。

「宜蘭就是宜蘭，不是誰家的花園，這樣你聽懂了沒有？」小嬿輕聲說道。

我的舌頭燙得紅腫，拚了命地點頭。

「學長，你不是想知道宜蘭是北部還是東部嗎？」小嬿突然問。

我只好又點點頭。

「北北基、桃竹苗、中彰投、雲嘉南、高屏、花東……你有沒有想過，為什麼沒有宜蘭？」小嬿拿起一塊糕渣，放入口中咀嚼。「因為宜蘭已經受夠了外地遊客侵門踏戶、肆意蹂躪我們的家園。」

她輕輕舔了一下自己的手指，用輕描淡寫的語氣，吐露出驚天的祕密。

「此刻台灣時局動盪不安，各縣市擁兵自重，眼看不久後即將爆發大規模內戰。」

「一旦戰爭開始，雙北地區定然先求安內、再行攘外，相互爭奪『真．台北市』的稱號。」

「台中火力強大、彰化民風剽悍，中部戰區必成僵局。」

「東部方面，花蓮王朝獨立已久，除了派遣遊騎兵駐守邊疆，想來也不會有什麼大動作。」

「宜蘭三面環山，一面朝海，易守難攻，戰略位置極佳。屆時我蘭陽帝國必將揭竿起義，獨立於台灣各行政區，自成『東北部』。」

我怎麼也想不到，這個表面上天真爛漫的學妹，居然在規劃如此恐怖的事！

再想起自帶盾牌的機車、銅牆鐵壁般的住宅、獨立的超市經濟系統，一切似乎都有了答案。

宜蘭老早就在替戰爭做準備了！

「你把我南部放在哪裡？」我又驚又怒。

「南部網路，大概要等到戰爭結束才會收到消息吧？」小嬿輕蔑地冷笑。

我聽完小嬿的獨立宣言，渾身上下已被冷汗浸透。

要是中北部戰亂平定後，打算揮軍南下，一舉拿下整個南台灣怎麼辦？

嘉義的火雞大陣能夠堅持多久？

台南人擅長的機車巷戰能夠應付嗎？

我們是不是該先向澎湖請求難民庇護協助？

萬一……萬一台南真的被攻陷了，我是不是連吃個牛肉湯都要半夜爬起來排隊？

一時間，我的內心千頭萬緒，混亂不已。

天佑台灣。

五　基隆

在台灣，有一座沉默的城市，居住著一個沉默的民族。
台北嘲諷在座各位都是南部時，他們視之不見。
台南誇耀自己巷弄複雜時，他們聽之不聞。
澎湖人自負海鮮天下無雙時，他們嗤之以鼻。
直到，宜蘭人以雨都自居時，他們終於不再沉默。
他們的城市既是山城，也是港都；既是北部，亦是雨都。

⌂

我離開小嫵家的時候，一個男人正站在門口。

外頭仍下著雨，男人卻沒有撐傘，默默地淋著雨，身形清瘦剛健的身體彷彿已經跟雨勢融為一體。

調查過台灣各縣市資料的我，當然知道這個掌管基隆地下秩序的男人。

男人沒有名字，大家都叫他吉祥哥。

「吉祥哥……你怎麼不撐傘？」我愕然。

「怕雨的人才撐傘。基隆人不怕雨。」吉祥哥淡淡地說道。「二師兄，跟我走一趟。」

那當然不是問句，在很多地方，吉祥哥說的話就是命令，沒有人可以違背。所以我只能跟吉祥哥來到基隆。

只是我想不到，像吉祥哥這麼有排場的人，移動方式居然是大眾運輸。他彷佛天生就內建著精密的交通轉乘技能，一路從客運轉公車，途中沒有看過一次站牌上的乘車資訊，就來到基隆的一座公車站。

這個車站有個煞氣的別稱，叫「惡性循環站」。

微風吹過，濃烈的海味撲鼻而來，當中夾雜著一絲鹹腥的血味，我不禁打了個哆嗦，下意識掩住口鼻。

周遭行人看見我的動作，紛紛停下腳步，對我投以看待外地人的敵視目光。直到他們看見吉祥哥，才回頭做自己的事。

吉祥哥領著我進了車站對面的大樓，搭著電梯來到某個樓層。

「先吃飯。」吉祥哥指著桌上的一碗湯：「這間肉羹不錯，你試試。」

我忐忑地走上前，試探性動了一下湯匙。

不知道是不是因為淋到雨的關係，那碗肉羹的勾芡很薄，稀得像碗清湯。

「我不餓，吉祥哥你有話直說吧。」我嘆了口氣。

吉祥哥站在窗邊，從口袋中拿出一根吉古拉，用打火機點燃，叼在口中。

從窗戶居高臨下往外一看，就能看到大樓對面一座兩層樓高的遼闊平台，平台旁的建築物上寫著「和平廣場」幾個大字。

「聽說過這裡吧？」

我點點頭。

那裡之所以稱為和平廣場，是因為基隆所有的紛爭都可以在這裡解決。

小至情侶吵架、小孩沒簽聯絡簿，大至黑道尋仇、幫派火拚，只要到和平廣場走一遭，所有的糾紛都能平息。

自古以來，和平本就建立在鮮血與屍骨之上，所以當地人也管那裡叫「天空競技場」。

「過去幾個月，你不斷在網路上發佈引戰言論，因為沒有牽扯到基隆，我都當作沒有看到。」吉祥哥吐出一口天知道哪裡來的菸，緩緩說道。

「但你說宜蘭是雨都，真的太超過了。」

「你引起了紛爭。」吉祥哥俯視著大樓底下的芸芸眾生。「有紛爭，就要解決，這是規矩。」

「怎麼解決？」我不安地問。

「你有三條路可以選。」

吉祥哥捻熄剩下半截的吉古拉，丟進嘴裡咀嚼。

「第一，進天空競技場，跟我的人打一局。」

一股涼意緩緩爬上背脊，我難以置信地看著吉祥哥。其實這道理很簡單，如果紛爭大到無法解決，那就解決製造紛爭的人。

「我只不過在網路上講了幾句幹話，你就要置我於死地？」我的聲音顫抖。

不對勁，台灣人內鬥又不是一天兩天的事，我當然不是造成戰爭開始的原因，這點吉祥哥又怎麼可能不知道？

「不打也行。」吉祥哥伸手指著公車站旁邊的斑馬線。那是一條好長的斑馬線，看不見盡頭般向遙遠的地平線延伸。

「那條斑馬線的對面就是海洋廣場，你只要能在綠燈結束前從這端走到那端，我就放你走。」

我看看斑馬線的長度，又看看號誌燈上的秒數。

「吉祥哥，你是不是一定要我的命？」死到臨頭，我反而冷靜了下來。

吉祥哥挑眉，饒有興味的看著我。

他突然開口問道：「你知道從基隆到台北市，搭客運要多長時間嗎？」

我一愣，想起過去曾經問板橋人中哥有沒有去基隆玩過。中哥搖搖頭跟我說：「太遠了，我不常出國。」

「痾……兩天？」我回答。

「只要半個小時。」吉祥哥說道。

我一愣。

「從基隆到台北真的很容易，也許實在太容易了，很多年輕人一去就捨不得回來了。」

吉祥哥抬頭看著天空。

「你知不知道過去的基隆有多繁榮？擁有台灣北玄關的稱號，光靠一個基隆港就能帶動整個北台灣的興盛……現在呢？他們居然稱基隆為全台最北南部。」

吉祥哥拿出手機，把螢幕轉向我這邊。

「這是……」

「這是我家牆壁。」

手機畫面裡，潮濕的水氣凝結成水滴，吸附在斑駁的牆面上。

「這座城市正在哭泣。」吉祥哥輕聲呢喃：「基隆已經沉默太久了，我們需要一個證明自己的機會。」

倏地，一聲淒厲的鳶啼劃破天際。

高空之中，雄鷹斂翼，驟然撲落，像是一道凌厲的黑色閃電。

電線杆上一只來不及起飛的烏秋剛剛張開翅膀，就被猛禽尖銳的爪子給牢牢扣住。

雄鷹展翅，盤旋拔升，破空而去。

我赫然明白，宜蘭並不是唯一渴望戰爭的城市。

「過去的一個禮拜，我已經對全基隆的委託行發出消息，要在世界各地的走船的基隆人回來助拳。」

吉祥哥打開辦公室裡的一台電腦，把我按在桌前。

「你的第三條路，就是發一篇文章，替我對全台灣放話。」

「告訴他們，戰爭要開始了。」

「告訴他們，基隆才是真正的北部。」

「告訴他們，基隆即將再次偉大。」

吉祥哥露出猙獰的笑容，這才是他真正的目的。

「告訴他們，基隆市長玉照即將充斥台灣的每一個角落！」

吉祥哥赤裸裸的野心讓我毛骨悚然。

一旦戰爭爆發，將為台灣帶來多慘烈的傷亡？

多少家庭即將破碎？多少老百姓即將陷於水深火熱？

我又怎麼能因為一己安危，置自己千萬同胞於險地？

「你以為用性命要脅，我就會替你引起戰火？未免將我瞧得忒也小了。」我握緊拳頭，冷笑：「我二師兄豈是貪生怕死之輩？你作夢去吧！」

此刻的我只覺得熱血沸騰、慷慨激昂。

我，二師兄，可以站著死，不能跪著活！

「這件事辦成了，我招待你到鐵路街玩一個月。」吉祥哥瞇起眼睛。

「混帳！混帳啊！你這個卑鄙小人！！！」我憤怒地敲著鍵盤。

當時我還不知道，這個舉動將為台灣社會帶來多麼巨大的震盪。

肆——台灣內戰

有些事情彷彿一開始就已經註定。

儘管我百般阻撓，命運齒輪仍然無情轉動，戰爭無可避免地爆發了。

「編輯大人，您看戰爭就要開打了，我的截稿倒數能不能先暫停，從戰後再開始算啊？」我搓著手。

「南部人就算擠破頭還是南部人，不過是一群跳樑小丑，弄不出什麼大風大浪。」貓小姐慢悠悠地喝著咖啡，一邊氣定神閒地跟我催稿：「你別找藉口，該交的稿還是要交。」

「話說您不是住在南港嗎？」

「……是又怎樣？」

「南港算是北部嗎？」

「你給我閉嘴。」

☖

中央政府緊急發布新聞稿，此次內戰為人民自發的交流活動，其性質與公投類似。基於公平原則，國家決定順應民意，不會派兵幫忙任何一個縣市，也呼籲大家打仗歸打仗，還是要注意安全，千萬別傷了和氣。

我心急如焚，不顧自身安危，快馬加鞭地趕往台南，只希望我的家鄉一切平安。離開基隆的路途中，我不斷聽見台灣各地傳來的戰報，每個城市的民眾都嚴陣以待，自發組成革命軍，為了自己的城市奮鬥。

「中哥，板橋那邊如果沒有戰況，可不可以借我避難一下啊？」半路上，我打電話給大學室友板橋人中哥。

「這場戰爭過後，板橋就是台灣首都了。」中哥告訴我：「南北殊途，這大概是我們最後一次聯絡，你好自為之。」

雙北地區第一時間宣布鎖國，纏繞著鐵絲網的拒馬將雙北疆界牢牢圍住，抵禦南蠻入侵。

表面風平浪靜的台北城，內地裡其實暗潮洶湧。

新北市民廣場。

狂熱的人們簇擁著巨大的竹筍地標，慷慨激昂地呼喊著口號。

竹筍的頂端，板橋的旗幟正在隨風飄揚。

「我們預計在一週內拿下中和、進軍永和，切斷整個台北城的豆漿供應，並以此要脅，迫使台北市將萬華割讓給板橋做附庸。」

「如此一來，我們就能跨越新店溪這條天然屏障，沿著板南線發起全面北伐！」

「三個月之內，我們將依序佔領中正、大安、信義、南港，切斷整個北台灣的經濟命脈！」

「到了那個時候，板橋就是台灣真正的帝都！」海嘯一樣的歡呼聲在市民廣場沸騰。

然而事情並不若他們想像中的順利。

進軍中和的板橋軍呆愣在街道上，神色迷茫。

首當其衝的雙和地區，居然已事先結成同盟。

大街小巷中，人們手牽著手，神情堅毅地捍衛著自己的家鄉。

他們嘴裡異口同聲地唱著一首歌。

那是他們代代相傳、用來守護家園的咒歌。

永和有永和路，中和也有永和路，
中和有中和路，永和也有中和路；
中和的中和路有接永和的中和路，
永和的永和路沒接中和的永和路；
永和的中和路有接永和的永和路，
中和的永和路沒接中和的中和路。
永和有中正路，中和也有中正路，永和的中正路用景平路接中和的中正路；
永和有中山路，中和也有中山路，永和的中山路直接接上了中和的中山路。
永和的中正路接上了永和的中山路，中和的中正路卻不接中和的中山路。

「怎麼回事……」其中一名板橋軍拿出手機，發現網路訊號已經全面失靈。

鄰近的巷子裡不斷傳來友軍驚慌失措的聲音。

「這間永和豆漿我們剛剛是不是來過了？還是這是另外一間？」

「永和路？怎麼又到永和路了？我們剛剛不是才走永和路而已嗎？」

「喂！？我們不是約在秀朗路集合嗎？你也在秀朗路？我怎麼沒看到你？我在永和的秀朗路，你是不是跑去中和的秀朗路？」

「這裡是哪裡？我們還在台灣嗎？」

「媽！我好想回家嗚嗚嗚嗚嗚……」

攻陷整個台北城的宏大計畫，在第一步就遭遇了重大阻礙。孤立無援的板橋部隊，陷入無可自拔的大迷走。

雙北地區，戰況膠著。

☖

「這次中壢跟桃園應該可以團結起來，共禦外敵吧？」我經過桃園的時候，試探性地問桃園人阿強：「是說你家會不會剛好有多一張床啊？」

「別傻了，你以為這場戰爭的走勢是桃園人可以決定的嗎？」阿強的眉宇間，烏雲罏罩。

深夜，桃園機場。

值夜班的塔台人員揉揉眼睛，看著航空雷達上浮現數十架不在航班上的飛機。

沙沙沙……

無線電裡，上頭的長官傳來了訊息，示意他引導這些班機降落。

飛機著陸，艙門開啟。

數百名褐色皮膚、神色兇悍的戰士有條不紊地下了飛機，他們的身後揹著、肩上扛著、手裡持著各式各樣原本不該出現在機場，或者不該出現在台灣任何一個角落的危險兵器。

地勤人員難以置信地看著監視器上的畫面，身軀興奮顫抖。

「這場戰爭……是桃園的勝利……」他的牙齒喀喀打顫。

無數自東南亞趕赴來台的雇傭兵祕密登陸。他們要讓台灣看看，真正的戰爭專家怎麼打仗。

「不覺得，作為殖民地而言，這座城市太過狹小了嗎？」一名越籍傭兵叼著雪茄。

「也是，不如我們就一舉拿下整個台灣吧？」一個菲裔傭兵好整以暇地在手榴彈上噴香水。

「行啊，到時候比照桃園劃分地盤就是。」泰國傭兵舔舐著刀刃：「為了暹羅王的疆土。」

對他們來說，這不是城與城間的內戰，而是三個國家對一個國家發起的侵略。

窮凶極惡的傭兵們剛走出機場，馬上遭到數十輛訓練有素的車輛包圍。其中幾個傭兵沉下臉，手輕輕搭在兵器上面。

短短幾秒內，車手們行雲流水的駕術就精準地封鎖了他們所有去路，這種經驗與默契，明顯不是一般來頭。

不論在哪個城市，他們都是台灣道路上最危險、最不講理的族群。

為首的車輛打開門，走出一個中年男子。

「搭車嗎搭車嗎搭車嗎先生要搭車嗎要不要搭車啊？」男子說道。

⌂

「傑森！戰爭爆發啦！塊陶啊！」我經過新竹的時候，站在傑森房門外大喊。

「是不是戰爭爆發我就可以不用寫碩論了呵呵呵呵呵……」傑森眼神呆滯地敲著鍵盤，彷彿沒聽見我說的話。

劈哩啪啦，稀哩嘩啦。

那不是雨聲。

那是數以百萬計的鍵盤敲擊聲。

這裡是永遠金碧輝煌、燈火通明的新竹不夜城，竹科園區。

無數工程師撐著疲憊不堪的身心，佈滿血絲的雙眼狠狠瞪著螢幕。

他們已經足足七十二個小時未曾闔眼。

他們要用鋼鐵一般的意志、鑽石一般的肝臟，為新竹搶得勝利的先機。這群英勇的鍵盤戰士在網路世界化身千軍萬馬，席捲台灣每個論壇，滾雪球一樣堆積巨大的輿論聲浪。

【問卦】台灣484要滅亡了？

【討論】現實世界風向是不是已經變了？

【問卦】各位肥宅晚餐都吃什麼？

【問卦】慟！不顧北京反對，今天早餐店老闆娘沒叫我帥哥！

【爆卦】欸欸欸！新竹軍隊已經做好戰爭準備！

【問卦】這次新竹贏定了吧？

【問卦】我在竹北撿到一個投降的台北人！在線等！很急！

霎時間，鍵盤聲嘎然而止，所有人同時停下動作，抬起頭看著為首的工程師。

「大家都做好備份了嗎？」為首的工程師問。

所有人整齊劃一地點頭。

就在剛剛，他駭入了國家網路資訊中心，接管了全台灣的網路。

現在只要動動手指，就能夠切斷台灣與虛擬世界的聯繫，讓民眾對戰爭的認知停留在他們憑空杜撰的情境裡。

「現代戰就是資訊戰。」為首的工程師高高舉起手，他的眼角噙著淚：「掌握資訊，就掌握勝利。」

手落下，重重敲在Enter鍵上。

所有工程師振臂歡呼，聲如落雷。

「十萬青年十萬肝！徹夜輪班救台灣！」

他們聲嘶力竭的哭嚎響徹九霄，隨著狂風在整個新竹擴散。從今以後，大家都不用上網追番、追劇、看片了。

「好了好了，大家冷靜一點，再五十個小時就能下班了。」為首的工程師看著手錶。

△

「安妮，妳說這次台中是不是贏定了？現在入籍還來得及嗎？」我經過台中的時候約了安妮出來見面：「不然我們同學一場，萬一戰場上遇到多尷尬？」

「到了那天，我會讓你一隻手。」台中人安妮搖搖頭，遞給我一個紙袋。

「你知道為什麼台中的特產是太陽餅嗎？」安妮紅著眼睛：「這個小小的糕點裡，包含著『希望你能看見明天的太陽』這樣崇高的祝福喔。」

她看著我的眼神，就像在看一個死人。

台中，一個平凡的小家庭。

一家人圍坐在客廳吃著晚餐，餐桌上氣氛沉默而嚴肅。

電視正播放著一則則緊急新聞。

「台中市府震嵐宮於稍早發布消息，為了因應全台內戰，決定短暫廢除槍砲彈藥刀械管制條例，呼籲台中市民為了自己的存亡而戰。」

父親一邊喝湯，一邊用拇指將金銅色的子彈一顆顆推入彈匣，眉頭越皺越緊。

他還是第一次聽到這個條例。

「台中各大水泥業者發起聯合響應，連夜加班攪拌水泥，誓言要讓全台灣人都聽見海哭的聲音。」

剛上高中的兒子埋頭扒飯，時不時對母親使著眼色。母親撇過頭假裝沒看到。

「台中金錢豹公會決定啟用戰時特別條款，即日起台中市民憑身分證可到店換取免費食宿，歡迎各位台中的自由戰士進入休息。」

「市府發言人呼籲，尚未領取槍枝的民眾，請盡快至所屬區公所申請。」

「太陽餅業者聲明，將停止對外縣市輸出太陽餅，要讓台灣其他縣市看不見明天的太陽。」

晚飯終於吃完，兒子在收拾碗盤的時候，終於忍不住開口。

「我可不可以……」

「不可以！」母親尖叫。

父親威嚴地凝視著兒子的眼睛。

兒子緊張地吞了口口水。

「作業寫完了嗎？」父親拿起遙控器。

「早就寫完啦！」兒子趕緊回答。

「彈藥費從你下個月的零用錢裡面扣。」父親轉台：「十一點前要回家。」

「好耶！」兒子興奮地跳了起來。

☖

「寶櫻啊，我決定洗心革面，從今以後肉圓都吃炸的，這樣可不可以跟彰化尋求庇護啊？」我經過彰化的時候，這樣問寶櫻。

「我早就跟你說過，用蒸的方式糟蹋肉圓遲早會遭天譴的。」寶櫻遺憾地擺擺手：「我佛慈悲，學長你還是下地獄吧。」

彰化八卦山，廣場上層層人群圍繞著大佛雕像。

有人朝大佛不停跪拜；有人結著奇形怪狀的手印，口中念念有詞；有人揮舞著符咒，又哭又笑地跳著詭異的舞蹈。

身穿運動服的小學生，對著大佛表演意義不明的健康操。

一群造型頹廢的肥宅大學生手拉著手，半信半疑地唱著日本動畫《新世紀福音戰士》的主題曲。

人群的最裡層，是一圈身穿袈裟、老態龍鍾的和尚。

他們閉著眼睛盤膝而坐，手中撥弄著拈珠，嘴裡朗誦著幾乎被歲月遺忘的古老經文。

所有人都用自己的方式，在呼喚、在祈求，長久以來庇護彰化的神靈，能夠於亂世中再保彰化百姓安康。

砰！

數百串拈珠瞬間炸成粉塵。

廣場上所有人同時抬起頭。

大地震動。

「感謝上蒼……沒想到我有生之年能看見這一幕……果然天佑彰化啊……」

上百名和尚老淚縱橫，巍巍顫顫地拜倒。

也許是被科技所驅策、也許被神靈所憑依、又也許是浩蕩的信念匯聚之下終於產生了奇蹟。

在全彰化的希冀下，二十公尺高的大佛睜開眼睛。

「傳說居然是真的……」大學生們呆呆地張著嘴：「我就問一句，彰化怎麼輸？」

⌂

台灣內戰爆發，第一個淪陷的地區就是桃園。

南北桃長久以來的內耗，加上東南亞各國經年累月的殖民，早就讓這座城市失去了抵抗的能力。

陣容浩大的聯合傭兵團一路向南進發，跨越了桃園疆界，侵門踏戶地來到新竹。

行動代號，「破竹」。

大風起兮，雲飛揚。

風城的土地上，一陣又一陣的颶風咆哮肆虐。

切斷全台網路的新竹，仍然免不了要面臨最直接了當的白刃戰。

稀稀落落的新竹軍在風勢中佇立，身影隨著狂風晃動，他們腳步飄忽，卻意志堅定。

就算被嘲笑食物難吃，就算被嫌棄天氣很差，這麼多年來，這片土地還是用自己的方式生育自己、餵養自己。

這裡是他們的家。

他們閉上眼睛，感受著這座城市的力量。

不要抗拒風，要順應風。

新竹的孩子，是風的孩子。

風吹著，風颳著，風翻捲著，風呼嘯著……終於，風帶來一絲煙硝味。

新竹軍的首領睜開眼睛，凝視著風的盡頭，傭兵團的身影若隱若現。

首領舉起手，新竹人打開腰包，放出隨風冉動的白色絲線。

鋪天蓋地的米粉海嘯般湧現，順著風勢朝傭兵團射出，纏繞在敵軍的手腳脖頸之上。

「可笑。」其中一名傭兵輕鬆扯斷了米粉，大步往前跨進。

咚。他身邊的戰友突然失去平衡倒下。

他還沒搞清楚狀況，腳底好像踩到了什麼東西，與此同時，一陣突如其來的風晃動重心。

世界在眼前歪斜，他的臉狠狠撞擊在地面上。

傭兵瞪大眼睛，看著一顆貢丸從眼前滾過。

在狂風中平穩行走本來就不容易，加上四肢纏繞著米粉，地上又撒滿了貢丸，諸多細小事物的結合下，傭兵團前仆後繼地倒下。

「殺！」新竹軍的首領發出震天價響的暴喝。

「殺！」新竹軍的行動完全不受風勢影響，身手矯捷地擲出手中的圓形物事。

啪啪啪啪……

油膩的球狀物打在傭兵團的身上，綻放出淒艷的血花。

「是肉圓！他們居然用肉圓丟我們！？」

「是嗎？是肉圓嗎？為什麼裡面有包栗子？這種東西真的是肉圓嗎？」

「啊啊啊！我流血了啊啊啊啊！」

「冷靜點！那不是血，是紅糟肉餡！」

「紅糟肉餡！為什麼肉圓裡會有紅糟肉餡？」

「都是幻覺！嚇不倒我的！」

霎時間，傭兵團上下軍心動盪。

「新竹永不為奴！」新竹軍的首領聲嘶力竭地咆哮，身先士卒地站在戰線前緣，奮力將油膩的肉圓塞入傭兵的嘴巴。

他比誰都清楚，這場戰爭打從一開始就沒有勝算。即使剛開始靠著奇襲打了對方一個措手不及，也無法彌補兩軍之間懸殊的戰力差距。

身體孱弱的工程師、安居樂業的百姓，要怎麼跟訓練精良的殺戮專家抗衡？

開戰三分鐘，戰場上出現了第一聲來自新竹的慘嚎。

「年輕人，你知道嗎？」一個重新站起身的蒼老傭兵掐著另一個工程師的脖子，將工程師高高叉起：「越戰時期，我曾隱身在叢林裡埋伏經過的美軍，期間整整一個星期都沒睡覺。」

「睡覺？什麼是睡覺？」呼吸困難的工程師逞強地冷笑。

命在旦夕的他，從手中拿出手機，撥了一通電話。

「喂，老婆，我今天也會晚點下班，不用等我回家吃飯了。」工程師氣若游絲地說道。

新竹軍首領面色一變。

「對不起，最近工作太忙，一直沒有時間陪妳，下個月我們找一天出門玩吧？」

工程師的聲音越來越微弱，眼皮不斷打顫。他的雙手無力垂軟，手機喀啷一聲墜落在地上，螢幕碎裂。

「……」傭兵面無表情地看著這一切，鬆手任憑工程師的屍首摔落。

新竹軍首領紅著眼睛別過頭，再也不忍直視。

他們兩人都沒有揭穿，手機其實沒有打通，工程師根本就沒有老婆。

手機靜靜躺在地上，破碎的畫面中，一個手遊角色笑得甜美。

「不要！我什麼都可以給你，唯有這間麥當勞，求求你不要拆掉它！」另一名新竹軍淚流滿面地乞求。

「不行了……我再不睡真的會死掉……」又一個工程師直挺挺地站著失去意識。

「臭老頭！躺下吧！」一個傭兵踹倒白髮蒼蒼的工程師。

「我……我只有三十歲……」工程師艱難地在地上掙扎，臉上的皺紋痛苦地糾結在一起。

兵敗如山倒，新竹大勢已去。

新竹軍首領仰起頭，絕望地看著天空。

台灣也許只有一個城市能夠和這些軍隊抗衡吧？

風不歇的新竹，日不落的新竹，陷落。

「這樣我們算是佔領新竹了嗎？」一名傭兵問道。

「還沒，竹南還沒打下來。」另一名傭兵看著地圖。

◇

台北市博愛特區。

這裡並非官方制定的行政區劃，而是軍方劃定的軍事管制區。擁有總統府、行政院、司法院、以及台灣最高法院的這塊聖地，可說是台灣真正的核心。也許從戰略意義上來看，這裡才是貨真價實的台北市中心。

「不好了！」一個傳訊員驚慌失措地大叫，一邊跑進臨時成立的作戰指揮中心。

「有什麼事嗎？」戰時總指揮官坐在辦公桌前，平靜地問。

「這根本不是內戰，是敵國的侵略！如果不出動國軍抗敵，台灣就要亡國了啊！」傳訊員崩潰地抱著頭。

「亡國？」指揮官失笑：「你未免也太小瞧台灣了。」

他的笑容似乎有種安定人心的魔力，讓傳訊員的內心逐漸冷靜。

「那……那怎麼辦？我們真的不行動嗎？」傳訊員疑惑地問。

「要行動，但不是現在。」指揮官站起身，伸了個懶腰：「不用擔心，惡人自有惡人磨。」

☖

苗栗，民主聖地。

傭兵團到達當地已經是傍晚，在破竹一役學到教訓的他們不再輕敵，決定先穩住陣腳，暫時駐紮在郊區，養精蓄銳。

隔天一早，神奇的事發生了。

刺眼的陽光照在臉上，喚醒了熟睡中的傭兵團。

傭兵們伸了個懶腰，準備迎接又一個美好的早晨——

——等等，陽光？

他們驚惶地站起身，只見周遭營區一片狼藉，昨夜搭好的營帳居然盡數消失無蹤。

他們當然不知道，神不知鬼不覺間破牆攻城、拔營倒寨一向是苗栗政府的拿手好戲。

苗栗有苗栗的玩法。

如果哪天美軍的航空母艦擱淺在龍鳳漁港，恐怕也會在一夕之間被拆成廢鐵。

「夜襲！我們被夜襲了！」

「幹！偷拆仔！」

「偷偷摸摸的算什麼英雄好漢！」

傭兵們又驚又怒，氣極敗壞地集結整裝，朝苗栗市區扔出上千枚簡易炸彈，務求迅速癱瘓當地革命軍的戰力。

跟電影裡演的不同，這種炸彈上雖然連接著兩條不同顏色的電線，但不論剪斷哪一條都會導致爆炸。

沒想到當地居民悍不畏死，看到炸彈，居然沒有任何一絲猶豫，不約而同地選擇剪斷藍色線，當場被炸了個七葷八素。

機關重重的三義木人巷被大火燒了個精光。

酸酸甜甜的大湖草莓陣被踩得稀巴爛。

銅鑼鄉沒有銅鑼燒，只剩杭菊花瓣碎裂一地。

「你根本不懂炸彈。」一名傭兵輕蔑地踢了踢被炸倒在地上的男子，嘲諷地說道。

「你根本不懂苗栗。」男子強硬地冷笑，眉宇間毫無悔色：「只要天空還是藍的，苗栗就還有希望。」

在這樣的情況下，傭兵團的其中一個中隊，輕輕鬆鬆地推進到一片施工中的建地。

這裡是大安溪濕地公園，又名石虎紀念公園。

「石虎是什麼？」一名傭兵皺眉。

「根據台灣媒體所述，石虎是一種極其兇暴的貓科動物，攻擊性強烈，危險程度甚至凌駕在熊貓之上。」另一名傭兵看著手機裡的資料：「當地政府基於安全考量，建造這座公園破壞其棲息地，希望將其徹底撲殺。」

聽到這番話，傭兵團們紛紛提高警覺，以免一不小心就被兇獸猝不及防地啃掉腦袋。

部隊在附近搜索了幾個小時，沒有發現任何石虎的蹤影。

「沒道理啊，既然都蓋了一個石虎公園，怎麼可能完全沒有石虎？」又一個傭兵問道。

「是空城計！他們用這座假公園拖延我們進攻的時間！台灣人好陰險的手段！」另一個傭兵恍然大悟。

驚覺受騙的傭兵團馬上發起急行軍，穿越冷清的石虎墓園，橫渡大安溪，翻越高聳的河堤，抵達一個全新的縣市。

這裡的空氣一片朦朧，四周瀰漫著神祕的氛圍。

不遠處，一個農民正叼著稻草，愜意地躺在河堤上曬太陽。當他看見荷槍實彈的傭兵團經過時，竟一動也不動地吹著口哨。

「你！站起來！」五六個傭兵用槍口指著農民。

「欸？我嗎？」農民詫異地站起身。

「把手放在頭後面！」一個傭兵大喝。

「今天是哪所學校的童軍露營嗎？」農民搔搔頭。

砰！

響亮的槍聲劃破天際。

農民的身體一陣踉蹌，難以置信地低下頭，看著大腿上噴湧的血泉。

「我再說一次，把手放在頭後面。」開槍的傭兵獰笑，槍口冒著白煙。

農民皺起眉頭，彎下身，在傭兵群驚愕的目光下，拿出一條OK繃貼在傷口上。

「學校老師沒有教你們不可以對大人開槍嗎？」

彷彿是為了確認腿的情況，農民原地輕跳了兩下。然後，這個貌不驚人的農民從口袋中拿出一把手槍。他的動作渾然天成、行雲流水，就像用筷子夾菜一樣熟練。

那只是一把微不足道的制式手槍，槍上烙著沙漏狀的圖騰。如果是稍有經驗的台灣人也許就能看出來，那是台中市的市徽，代表市府核發的正規兵器。

「啊，難道說你們是外地人？」農民好像突然弄懂了什麼，槍口一晃一晃地點著。

過慣刀口上舔血日子的傭兵團，竟不由自主齊齊往後退了一步。

「你……你知道我們已經佔領整個桃竹苗地區了嗎？現在束手就擒，我說不定還可以饒你一命！」一個傭兵虛張聲勢地說道。

「原來如此，你們是來打仗的？」農民終於搞清楚狀況：「你們是哪一國的？苗栗國？台北國？都不像啊。」

「算了，台北也好、桃園也行、新竹也罷……」農民揉揉眼睛，打開手槍保險。

空氣之中，一股抑鬱的壓迫感緩緩籠罩整座戰場，令傭兵團幾乎窒息。來勢洶洶的傭兵團，摧枯拉朽地橫掃三個縣市後，終於停下腳步。就像一隻失控暴衝的獵犬，狂奔中突然撞到一頭雄獅，開始吐舌頭、搖尾巴。

「……幹啊全台灣都一起上沒關係，千萬不要客氣啊。」農民打了個呵欠。

歡迎光臨，全民皆兵的縣市，台中。

△

綜合軍事實力獨步全球的美國，與擁有戰鬥民族稱號的俄羅斯，這兩個國家如果爆發戰爭，哪一方會成為最後的贏家？

這是從冷戰時期至今都沒有解開的世紀之謎。

然而如果問台灣人這個問題，那答案就很簡單。

毫無疑問，台中人會贏。

清晨，傭兵團的一個小分隊在台中郊區漫無目的地遊走，灰濛濛的濃霧為這座城市增添了幾分神祕的氣息。

「隊長，上面還是沒有指示，怎麼辦？」一個隊員晃著毫無反應的無線電對講機。

「照這個情況看，他們八成已經打下台中，往下個城市推進了。」隊長摸摸下巴，故作沉思狀。

似乎是通訊設備出了問題，這個小分隊跟東南亞聯軍的大部隊已經失聯長達三個小時。

「那怎麼辦？我們要不要趕快跟上啊？」小隊員很緊張。

「傻孩子，戰爭中走散是難免的，與其浪費體力跟上大部隊，不如留下來享受戰果。」隊長面色嚴肅地說道，其他經驗豐富的老隊員會意地笑了起來。

時間已經來到傍晚，他們倚賴地圖的幫助，在伸手不見五指的濃霧中摸索著走到市區。

路上的行人熙熙攘攘，一如往常地逛街吃飯，絲毫沒有戰爭時期的緊繃。在大街上呆愣了幾分鐘，路邊一間金錢豹的泊車小弟終於後知後覺地發現了傭兵團的身影。

「先生，第一次來台中嗎？進來坐啊！」泊車小弟熱情地上前邀約。

一頭霧水的傭兵團半推半就地被拉入店內的某個包廂，在服務員的招待下全員坐倒在柔軟的沙發上。

「隊長，為什麼這裡完全沒有開戰過的感覺啊？我們是不是來錯地方了？」小隊員不安地問。

「看來台中在開戰之前就知道自己沒有勝算，只好事先投降，對我們聯軍效忠。」隊長沉穩地分析：「識時務者為俊傑，台中果然是台灣最聰明的縣市。」

隊員們覺得言之有理，紛紛認同地點點頭。

不久後，服務生端著托盤走入包廂，托盤上排著幾瓶玻璃罐。

「請享用，這是我們店新推出的招牌菜。」服務生動作優雅地將玻璃罐放在桌上：「這道菜有個別緻的名字，叫做谷關空氣。」

那是一道很特殊的菜，罐身清澈透明，罐中空空如也。

「這是什麼？當我白癡嗎？」隊長板起面孔，眼看就要發飆。

「請不要誤會，這道菜是我們對遠道而來的客人們誠摯的祝福。」服務生耐心地解釋。

哐啷。

突然其來地，服務生的褲管裡掉出一顆手榴彈。

包廂霎時陷入沉默。

所有人眼睜睜地看著，失去插銷的手榴彈溜滴滴在地上轉動，一路滾到隊長腳邊。隊長心頭一懍，他認得這顆手榴彈上面的香水味。

「希望風塵僕僕的你們，能夠呼吸最後一口新鮮的空氣。」服務生保持著專業的笑容，說道：「這是台中最後的仁慈。」

「沙沙沙……」無線電對講機發出接收到雜訊的噪音。

隊長的鼻頭沁出冷汗，他突然明白了一件事。

原來通訊設備並沒有損毀，他的分隊之所以聯絡不上大部隊，單純是因為，早就已經沒有所謂的大部隊了。

聲勢浩大的東南亞聯軍，進入這座城市之後竟如同石沉大海般悄無聲息地消失。

為什麼這麼簡單的可能性，自己居然沒有想到？

「究竟，是什麼蒙蔽了我的雙眼？」隊長口乾舌燥，嘶啞地問。

「空汙，是空汙。」小隊員回答。

「那麼，祝各位用餐愉快。」服務生走出包廂，關上房門。

他沒有回頭，因為真男人從不回頭看爆炸。

天生我材必有用。

長久以來活躍在新聞社會版的台中，終於得到一展長才的機會，爆發出驚人的戰果。

短短三個小時，台中軍毫髮無傷地吞掉了來襲的傭兵團，大量的消坡塊堆滿梧棲漁港。接下來的一個鐘頭，台中輕而易舉地收復了苗栗失土，把苗栗國收為附庸國。

淪陷的新竹獲得救贖，戰爭中受損的麥當勞得以重建，工程師們也順利回到公司加班，搶救自己弄壞的台灣網路。

新竹不會倒下的，畢竟這可是個把肝當成動詞來用的強悍城市。

「好了，所有人注意這邊。」工程師首領拍拍手：「仗已經打完了，也差不多該開始上班了，通通給我肝起來！」

「嗚嗚嗚嗚嗚……」三十歲的蒼老工程師伏在地上痛哭失聲。

緊接著，台中軍風捲殘雲一般清除了桃園的聯軍餘黨，將外來軍事勢力徹底逐出台灣。

桃園機場大廳的地板上，數十名傭兵被收走了武器，綑綁住手腳扔在地上，積水幾乎淹進他們的口鼻。

「這是最後一批了。」一個台中軍扔出兩根鋁製球棒，說道：「要殺要剮隨你們的便。」

桃園人與中壢人愣愣地撿起球棒，看了看蹂躪他們家園的敵人，又看了看彼此，眼神很複雜。

不論平時如何爭鬥，到了危急關頭，他們才能深刻地意識到，彼此的體內終究流淌著相同的血液。

再怎麼說，他們都是同根同源的，桃園人。

鏘！

一個桃園人腦門炸開血花，倒在地上。

地上的傭兵團愣住。

台中軍錯愕地張大嘴巴。

「誰跟你桃園人？」中壢人拎著球棒。

屬於桃園的戰爭還沒結束。

至此，歷史舞台揭開大台中時代的序幕，台中成為征服大半台灣的尚武之國，擁有橫跨桃竹苗中四個縣市的龐大版圖。

他們的野心當然不僅止於此。

他們是捍衛者，卻也是侵略者。

一半的台中軍往南推進，直逼彰化。

一半的台中軍駐紮桃園，叩關台北。

沉睡多年的猛獸終於睜開眼睛，露出獠牙，向不可撼動的、絕對權威的首都發起挑戰。

得台北者，得天下。

☖

「緊、緊急情況！」

博愛特區的菜鳥傳訊員又一次闖進會議室，冒冒失失地扯著喉嚨：「東南亞聯軍被一鼓作氣清除了，現在台中的軍隊就在桃園啊！」

會議室裡，總指揮官正看著電腦螢幕。

「冷靜點，慢慢說。」指揮官溫和地微笑，從容地坐在辦公椅上，手中的高腳杯盛著淺淺的紅酒。

「我們部署在林口跟三峽的兵力根本不可能擋住他們的部隊，情況非常危急。」傳訊員緊張兮兮地解釋。

兩天前派過去交涉的人員全都失去了音訊。

就在剛剛，他們辦公室收到一箱冷凍水餃。台中完全沒有談和的意願。

「我建議即刻啟用土城看守所的特別戰力！」傳訊員咬牙說道。

「土城看守所？」指揮官笑著搖搖頭，不疾不徐地轉著酒杯。

「要對付台中，不能只靠豢養的家犬，我們需要的是真正的野獸。」

「你是說……」傳訊員一愣。

「台中又怎樣？北部沒有流氓了嗎？」指揮官微笑。

傳訊員一愣，想起雙北地區的一股混沌勢力，那的確是一股足以跟台中抗衡的暴亂力量。

「可……可是，有誰能夠號召那群人。」傳訊員困惑地說道。

「噓……」指揮官將食指放在唇前，指了指辦公桌上的電腦螢幕。

傳訊員這才發現，電腦畫面中，正播放著一個魁梧大漢的直播。符文一樣的鐵黑色刺青烙滿大漢粗壯的雙臂，一路延伸到厚實的胸膛、寬闊的後背，渾身筋肉充滿金屬一樣的堅硬感。

傳訊員啞口無言。

如果台中是台灣公認最強的城市，那麼眼前的男人，也許就是台灣公認最強的戰士。

的確，如果是這個男人……

「別緊張，還不到我們行動的時候。」指揮官笑得從容優雅。

傳訊員吞了口口水。

從戰爭爆發的那一刻起，所有的戰況似乎都在指揮官的預料之內。即使是他也不清楚，這個憑空出現的指揮官到底是什麼來歷。

指揮官舉起酒杯，隔空向螢幕中的大漢敬酒。

「天尊，有勞了。」

◇

這座島上有座特殊的城市，他們最中心，卻也最邊緣。

台灣各地烽火四起，中部戰局如火如荼，這個城市卻依然風平浪靜。

當然風平浪靜，畢竟這裡是台灣唯一不靠海的縣市，南投。

這裡也許是全台最容易被遺忘的縣市，聽說過去有一群地理學家想要找到南投，繞著台灣走了好幾圈還是一無所獲，因為南投位於台灣正中間，就算環島也不會經過。

有些人甚至根本就不知道南投的存在，認為台灣正中央就是一座日月潭。

想當初在規劃鋪設鐵路的時候，負責人很乾脆地在台灣地圖上畫了一個圈。

「鐵路就這樣蓋，你們說好不好啊？」負責人說。

「好啊好啊。」其他人回答。

「幹，啊我們咧？」南投人舉手，不過沒有人注意到，因為他們太中間了。

最後南投只分到一條集集線，搞得大家現在想去南投玩只能搭客運，很不方便。

此次聽聞大戰爆發，南投人覺得證明自己的機會總算到來，老早就號召了軍隊，九族忍者村精銳盡出、松林妖怪村群魔亂舞，一群人騎著機車撐著傘，腰間掛著三餐都要吃的南投意麵當作軍糧，風風火火的趕到客運站等車。

新聞說板橋叛變了，客運還沒來。

傭兵團佔領桃竹苗，客運還沒來。

台中猛虎發威，一口氣反殺外敵，客運還沒來。

大家等車等得意識迷離、昏昏欲睡，一陣突如其來的地震搖醒了等車的人們。

「……四級，二十塊。」一個南投人說。

「五級。」另一個南投人睡眼惺忪地回答。

兩人拿出手機，看了看震級顯示。

「媽的。」第二個南投人拿出二十塊給第一個南投人。

又是一陣地震。

兩人毫無反應。因為南投人感覺不到三級以下的地震。

客運還沒來。

☖

彰化。

台中軍挾帶著傲視全台的強大火力，君臨肉圓帝國。在一口氣拿下台北之前，他們有筆舊帳要算。

這可是重頭戲中的重頭戲。

台中與彰化械鬥多年，大家都很熟練了，沒必要婆婆媽媽地從大肚溪開始僵持。所以雙方人馬直接集合在他們神聖的古戰場，民生地下道。

「嗨，彰化，你們可以出來領死了。」台中軍摩拳擦掌。

「把台中打下來，彰化就有百貨公司了。」彰化軍躍躍欲試。

他們每年都要打上這麼一次，這也許不是最後一次，卻一定會是最激烈的一次。

地下道兩側的車道上，樓上牽樓下、阿公牽阿嬤，無數鄉民趴在柵欄上看熱鬧。他們要用自己的雙眼確認，誰才是這場漫長戰爭的最後贏家。

滴答滴答。台中軍的首領看著手錶，身後的軍隊扛著數十座雕飾華美的神轎；隊列最後方，一整排水泥車轟隆隆轉動著攪拌罐。

滴答滴答。彰化軍的領袖看著手錶，身後一口巨大的鐵鍋裡，上萬顆肉圓在滾燙的熱油中翻騰，後方一整列的警用機車上，威震中東的彰化世界警察嚴陣以待。

滴答滴答，秒針停在致命的時間點。

「時辰到！」

彰化軍數百人同時吆喝，掀翻了鐵鍋，滾燙的熱油翻湧，浪潮一般向台中軍淹沒。

與此同時，事先埋伏在地上的無數鞭炮炸開，太過誇張的聲波瞬間剝奪了在場所有人的聽覺。

台中軍卻對一切視若無睹，扛著神轎往前衝。

媽祖神像旁邊架著兩挺重機槍，槍口噴出熾烈的火光，用強大的火力掃平擋在眼前的一切。

沒有多餘的叫囂，沒有不必要的挑釁。

這已不再是每年例行的聚眾鬥毆，是戰爭。

「哇靠，台中有槍啊！」彰化北斗神拳的繼承人中彈倒下。

「這就是你要的台中愛！」一名台中軍一面狂笑，一面挺著散彈槍邁進。

圍觀的彰化群眾面色慘白，剛剛那一輪掃射已經讓他們徹底明白，這次台中是玩真的。

「我們……會輸嗎？」民生地下道旁，一個小女孩睜著大眼睛，緊張兮兮地抓著媽媽的褲管。

「不會的、不會的……」小女孩的母親臉色蒼白地摸摸小女孩的頭，語氣非常不確定。

「我抓週的時候，第一個抓到的東西就是手槍。」一個台中軍靠在牆邊換彈夾，公發的制式手槍在大規模戰場中顯得薄弱：「從小父母就對我寄予厚望，花大錢請外師教我練槍，希望我將來可以到伊拉克留學。結果我國小體育課的射擊訓練就被當掉了，還因為這樣申請不上好的高中。」

如果在別座城市，他一定能成為前途無量的狠角色，可惜他生在台中，只能淪為一個庸庸碌碌的平凡市民。

他的臉上掛著淚痕，用子彈宣洩滿腹委屈：「你要怎麼跟台中打？怎麼跟台中打？」

「槍？」一個彰化軍身中數彈，捧著腹部跪倒，嘴角兀自勾起強硬的冷笑：「你以為有槍就贏定了？」

突然間，天色一暗。

明明是晚上，卻天色一暗。

台中軍一愣，雞皮疙瘩爬上臂膀。

月亮消失了。

就在剛剛，某種難以言喻的、神祕的、巨大而莊嚴的存在感降臨在戰場上。

「媽媽……」路邊的小女孩抬起頭，指著天空。

小女孩的母親抬起頭。

路邊所有人都抬起頭。

就連地下道裡浴血鏖戰的鬥士們都不由自主地抬起頭。

一個龐大的身影遮蔽了月光，黑暗籠罩大地。

「我操……」扛著火箭炮的台中軍瞬間啞火。

古今中外的戰場上，偶爾會出現這樣的存在。

他們所擁有的不是才智謀略，不是領袖魅力，而是更加直接了當、更加簡單明瞭的東西。

那是能夠一瞬之間扭轉戰局的，壓倒性的戰鬥力。

「你有沒有聽過，一招從天而降的掌法？」彰化軍嘴角掛著血漬。

轟。

回應了全彰化的期待，就像拍死蟲蟻那樣輕鬆寫意，巨大的如來神掌輕而易舉地壓毀民生地下道。

「集中火力！」台中軍驚慌大吼。

密集的彈雨叮叮噹噹敲在大佛堅硬的身體上。

大佛無動於衷，抬起手掌，再度壓下。

轟。

柏油路面下陷，烙出五公尺寬的血色掌印，大佛又抬起手掌。

轟轟轟轟轟。

只用了五個轟，五次壓掌，就捻熄了方圓五十公尺內的所有呼吸。台中軍似乎是忘了要開槍，愣愣地抬頭看著超乎常理的存在。

祂的眼中沒有絲毫同情，仁慈卻也冷酷，眾生平等，皆有一死。

喀喀喀喀……大佛頭頂上的圓球顫動、脫落，化作無數金屬肉圓，冰雹一樣砸在戰場上，持續追殺死傷過半的台中軍。

佛法無邊，即使強悍如台中在大佛出現後也只能節節敗退，眼看就要落敗。兵荒馬亂之際，一個身影閒庭信步地穿梭在漫天鋼鐵肉圓之間，筆直來到大佛腳下。

大佛低下頭，睥睨著渺小的身影。

身影抬頭看著大佛，張開嘴巴。

「喝————！」

一聲渾厚至極的長嘯響徹整個彰化。

原先氣勢衰靡的台中軍，聽到長嘯後就像打了腎上腺素一樣，雙眼充血，鬥志滿盈。

千軍易得，一將難求。

台中軍也有屬於自己的傳說。

叭——

喇叭轟鳴，數十台水泥車驅散地下道兩旁的人群，駛至地下道兩側，居高臨下地灌入水泥。

混凝土像瀑布一樣傾瀉，嘩啦啦澆淋在大佛身上，大佛緩緩舉起手，對著身影壓下。

身影瞇起眼睛，不動如山地點了根菸。

手掌距離身影越來越近，大佛的動作卻也越來越僵硬。

終於，手掌在離身影只有二十公分的時候凝固，一寸也無法靠近。

「我聽說，彰化有送肉粽的習俗。」身影淡淡開口。

啞口無言的彰化軍眼睜睜地看著他們的守護神被沉重的水泥壓垮，僵硬地跪倒，最終趴在民生地下道。

不，那已不是地下道，只是被水泥硬生生填平的溝壑。

道高一尺，魔高一丈。

大佛已經消失無蹤，取而代之的是一塊從地面隆起的巨大不規則塊狀水泥。

「好人做到底，送佛送到西。」身影吐出一口菸，把菸灰點在石塊上，慵懶地說道：「記得寫信告訴我，今天的海是什麼顏色。」

台中軍看著他們的英雄，熱淚盈眶，一種莫名的感動充斥在體內，他們的腦中不約而同浮現一句話。

「喊水會堅凍，喊人變肉粽。」

原來傳聞都是真的。

認知到這點的瞬間，戰鬥民族的軍心攀登上了前所未有的巔峰。

他們是驕傲的顏皇子孫，天生的征服者。

彰化，潰敗。

⌂

雲林，農業首都。

作為台灣最大的糧倉，在戰爭時期自然是兵家必爭之地。此刻的雲林滿城風聲鶴唳、人人自危，家家戶戶紛紛逃往外地避難。反正這座城市也快不能住人了。

海邊濃厚的烏雲不斷擴散，三百九十八根參天矗立的巨大煙囪宛若腐蝕血肉的骨釘，殘暴地鑲入土壤，二十四小時不間斷地噴吐粗大的煙柱。腐蝕農田的酸液從天而降，飛塵隨風瀰漫，讓人連咳嗽都能咳出一口沙石。

末世降臨般的不祥感在城內不斷擴散，這跟戰爭無關，單純只是生活在六輕工廠附近的日常。

冷清的廟口榕樹下，一齣野臺戲正在上演。三兩個無力逃生的老人坐在輪椅上，意興闌珊地看著迷你舞台上的人偶打鬥。儘管觀眾不多，演戲的人卻演得沉醉，活靈活現地展示著江湖上的快意恩仇。

舞台正前方，一名年幼的男孩坐在小凳子上看得癡迷，前傾著身體，幾乎要把小臉貼在台上。粗造濫製的陳舊舞台中，刀光劍影連綿不絕，故事裡頭的英雄人物浴血鏖戰，終於打倒了邪惡的魔頭。

師傅生動的配音下，這齣在廟口連續演了一個多月的布袋戲，終歸畫上磅礴壯闊的句點。

曲終人散，三三兩兩的觀眾盡數離開，只剩男孩漲紅著臉，用力拍手。直到師傅收起台子，將簡陋的道具抬到三輪車上，男孩還依依不捨地盯著躺在車上的人偶。

方才意氣風發、懲奸除惡的主人公，現在了無生氣地沉睡著。

「喜歡嗎？」老師傅笑著問。

男孩用力點頭。

「是嗎？」老師傅笑得更開了，他眼角的皺紋也笑得更深、更滄桑。

曾幾何時，全國上下多少人也像男孩一樣為了自己掌中的故事癡迷。這是一門沒落的技藝，也許終有一天會失傳，像過去許多事物一樣，被歷史的漫漫長河給淹沒。

「老爺爺，素還真的故事是真的嗎？」男孩問。

「在我的手下，他就是真的。」老師傅眨眨眼睛，驕傲地展示自己的雙手，像是炫耀著天下無雙的寶物。

那是一雙皮膚老皺、青筋蜿蜒的手，他這一生的功夫全都在這雙手上。

「你真的不再演了嗎？」男孩難過地問。

「我老啦！演不動啦！哈哈哈！」老師傅故作開朗地叉腰，笑聲卻乾啞酸澀。

「你的確老了，我幾乎要認不出你來。」一個陌生的聲音突然說道。

老師傅猛然抬起頭。

遠方，一個男人倚在電線杆上，肩上靠著一柄衝鋒槍。

「雲林最後的防線，我們進軍嘉義唯一的阻礙。」另一個人從榕樹後走出，渾身上下用鋼絲綁著手榴彈：「想不到名震天下的國寶居然會隱身在這種小地方，你真想跟整個雲林一起沉入地底不成？」

「外地人？」老師傅淡淡地問，雙手手指微微勾動。

「台中人。」衝鋒槍不偏不倚地指著老師傅。

「都出來吧。」老師傅嘆了口氣。

不知不覺間，整個廟口已經被一支火力強盛的軍隊占據。

老師傅閉上眼睛。

雲林的地名非常奇葩，台西在台南北邊，北港卻在南港南邊；四湖鄉沒有湖，反而台西整片都是水，素有水鄉澤國的美名。

沒想到在地名幻術的加持下，敵人仍然找到了這裡。

「你們知道我是國寶，還來這邊送死？」老師傅說道。

「國寶擋得住子彈嗎？」一個台中人冷笑。

「我擋不住，素還真可以。」老師傅面無表情。

「雲林有素還真？」台中軍問。

「雲林有我。」

「有你又如何？」

「有我，就有素還真。」

老師傅睜開眼睛，眼中精芒霍鑠。

男孩露出詫異的表情，他發現三輪車後頭的數十具人偶突然消失了。端著衝鋒槍的台中軍愕然倒下，他難以置信地按著頸部，指縫中汩出鮮血。

他的肩膀上站著一個雕工精細的木偶。

老師傅勾動手指，木偶維妙維肖地甩掉劍上的血珠。

「古老技藝的末裔，世上碩果僅存的操偶師，果然名不虛傳。」台中軍裡數十把各式槍械同時上膛。

男孩慢慢張大嘴，看著霹靂布袋戲裡頭的角色跳出了幻想的舞台，活生生地在自己眼前殺敵。小巧卻鋒銳的刀具、精準爆破的火藥，對上荷槍實彈的軍隊居然一點也不落下風，一時間竟與人多勢眾的台中軍分庭抗禮。

看了老師傅幾百場戲，男孩今天才親眼見識到，什麼是真正的轟動武林、驚動萬教。

什麼是，真正的半神半聖亦半仙。

腥風血雨中，老師傅的眼睛越來越亮，他彷彿突然回到了年輕的時候，全國數百萬觀眾為了自己的表演喝采。

此時此刻，他不僅是素還真、是一頁書、也是葉小釵，他的一雙手，就是無數橫行江湖的英雄好漢。

這場戲彷彿可以一直演下去……一直演下去……

直到，密集的彈雨穿越了現實與虛幻的縫隙，無情地撕開他衰老的血肉之軀，轟得他開腸破肚。

再精采的表演都有落幕的時候。

老師傅倒下的時候，廟口有一半的台中軍也跟著永遠倒下了。

他死得壯烈，臉上的表情卻難掩遺憾。

如果布袋戲仍然像三十年前一樣流行，現場就不會只有一個操偶師，也不會只有一個素還真。

但世上畢竟沒有如果。

老師傅闔上眼睛，臨死前彷彿又看到了自己的家鄉虎尾。

在那裡，飄泊四方、庇蔭全台的六房天上聖母正在跟自己招手。

六房媽的身邊，站著史艷文、藏鏡人、六禍蒼龍、刀無極、意琦行……所有舊朋友新朋友，都在對著自己笑。

他忍不住咧開嘴，耳邊終於又聽見了觀眾震耳欲聾的歡呼聲。

倖存的台中軍沒有浪費任何一秒在手無縛雞之力的男孩身上，挺起槍械，繼續往下個城市邁進。

男孩紅著眼眶，看著老人的最後一次謝幕，一直以來憧憬的英雄角色化做沒有靈魂的木塊碎散在地，只剩下他最喜愛的角色素還真，仍然穿著一席高雅的素衣，挽著銀白色的長髮，躺在男孩的手上。

素還真一動也不動地看著男孩，像是想對他訴說些什麼。

曾經，男孩的夢想就是認真念書，長大後到雲林市雲林火車站旁邊的雲林高中念書。

就在剛剛，他的夢想有了不一樣的形狀。

男孩擦擦眼淚，第一次開始摸索人偶上暗藏的機關。

雲林，下陷……我是說淪陷。

☖

嘉義，火雞王國。

向來生活步調緩慢，悠閒度日的嘉義，此刻氣氛一片肅殺。

垂楊路上，無數筋肉糾結的魁梧大漢赤裸上身，高聲呼喊著軍號。

「阿里山的姑娘美如水呀——阿里山的少年壯如山——」

在他們身後，上萬隻火雞一字排開，浩浩蕩蕩，氣勢凜然。

火雞背上乘著清一色的女戰士，體態矯健、英氣勃勃，全是萬裡挑一的女中豪傑。

「各位友軍，我是七面神鳥騎兵團副團長，請多多指教。」為首的火雞騎士朗聲自我介紹。

「姑娘好，在下阿里山神木禁衛軍總教頭，甘霖老木。」壯漢的首領抱拳，木訥地回應。

「幹嘛罵人？」副團長皺眉。

「姑娘誤會，在下師承阿里山小火車，一套劍法使將開來宛如暴雨驟降，加上腿力驚人，馬步穩若古樹紮根，承蒙江湖弟兄看得起，給了我『天降甘霖、參天老木』的封號。」甘霖老木解釋道：「勞請姑娘引見貴團團長。」

「這就是我們團長，七面神鳥本尊。」副團長指了指胯下的火雞。「團長從二戰結束後跟著美軍輾轉來到此地，愛上了這座恬靜平和的可愛城市，因此成立了七面神鳥騎兵團守護嘉義，是隻有理想、有抱負的偉大火雞。」

甘霖老木不禁肅然起敬，他當然知道一頭火雞要在嘉義活這麼久是多麼不容易的一件事。

多年來，神鳥騎兵團在市區嚴格管控各家火雞肉飯的品質，神木禁衛軍則誓死捍衛阿里山上的珍貴木材，雙方向來各司其職，互不過問。這次兩方人馬集結，只有一個原因：敵人實在太過強大，即使這兩大勢力合作，也完全沒有把握擋住來襲的台中軍。

生猛的火雞群、粗勇的阿里山壯漢，在現代化兵器面前，不過就是一群會動的肉靶。

事實上，根據探子傳來的消息，台中軍已經踏平了民雄鬼屋，擊潰鳳梨大學，並且穿越了規則莫名其妙的單行道結界，以雄厚兵力重重包圍嘉義市區。

嘉義的情況完全就是四面楚歌。

副團長與甘霖老木相視一眼，兩人心中都有數，今天嘉義只怕是凶多吉少。但是無論如何，都要讓台灣見識一下，綠豆們的驕傲。

台中軍的前鋒不疾不徐地推進到西門街，眼看就要跟嘉義軍正面接觸，副團長突然開口：「甘霖老木。」

「幹嘛罵人？」甘霖老木皺眉。

「……我是在叫你。」副團長看著手錶：「你在山上待久了，可能沒有聽說過，嘉義其實還有第三個部隊。嘉義除了火雞肉飯之外，還有另一種特產。」

「願聞其詳。」甘霖老木雙眼緊盯著敵人。

台中軍像浪潮一樣朝嘉義軍淹沒過來。

「牛。」副團長說道。

「什麼牛？」甘霖老木一愣。

「黃牛。」副團長看著手錶。

兩軍接觸前的剎那，路邊一間糕點店的老闆突兀地走出門口。

「發號碼牌喔。」老闆高舉著一疊卡片。

彷彿接受到神祕力量的徵召，大街小巷中憑空湧現無數輪椅、電動車，幾秒內排成軍紀嚴明的方隊。如此效率與默契，令人難以想像這支部隊竟是由老人所構成！

這就是嘉義最後的底牌——諸羅狂牛陣。

猝不及防的奇襲打亂了台中軍的陣腳，幾個本來想乖乖排隊買蛋捲的台中軍瞬間被電動車輾斃。

「甘霖老木咧！」其他台中軍怒吼。

「在此！」甘霖老木高聲回應，率軍衝出。

「就算台中能打下嘉義，也絕對買不到原價蛋捲！」副團長振臂大呼，上萬頭火雞昂首啼叫，向前疾奔。

兩軍交戰，天昏地暗，一時間僵持不下。

甘霖老木心中一凜，突然意識到一件事。

大佛一役，台中軍戰力減半。

操偶師一戰，台中戰力再減半。

經歷彰化以及雲林的消耗，台中軍已不若想像中強盛，面對嘉義竟久攻不下。

嘉義的各個角落，沒有參戰的人躲在家裡看著電視上的實況轉播，心神激盪。

他們心中開始有了大膽的想法。

會不會，其實台中並沒有想像中可怕？

說不定，台中其實也是強弩之末了？

有沒有可能，全部嘉義人傾巢而出，居然可以一舉擊退台中？

此時此刻，只要有第一個嘉義人站出來，就會引發骨牌效應，一呼百應，萬眾一心。

如此一來，與世無爭的嘉義就能擋下橫掃大半台灣的台中，在戰史中添上色濃重墨的一筆。

電視機前，一個青年終於按捺不住，熱血激昂地站起身，眼看就要奪門而出。

電視畫面突然斷線。

整個嘉義的運勢就在這一瞬間跟著斷線。

青年瞪大眼睛，看著畫面上一行詛咒般的字。

「E17子卡認證到期。」

彷彿被抽走了全身上下的氣力，青年癱軟在沙發上。

幾分鐘後，外頭的打鬥聲漸漸平息，台中軍終究接管了嘉義。

「不要對百姓下手！有本事衝著我來！」副團長衣衫凌亂地坐在地上，披頭散髮地大叫。

「有骨氣。」一個台中軍舔舔嘴唇，陰狠地笑道：「我倒要看看妳這張臉能夠堅持到什麼時候。」

他從身後端出一碗火雞肉飯，放在地上。

「吃掉。」台中軍獰笑。

「你……」副團長難以置信地瞪著那碗長得很難吃的火雞肉飯。

失去溫度的米飯上躺著毫無水分的乾澀雞肉絲，那甚至不是火雞肉，只是普通的雞胸肉。

這碗火雞肉飯已經死了，簡直就是雞肉飯的遺骸。

居然要嘉義人吃這種東西。

副團長哭了，她這輩子都沒蒙受過這種屈辱。

就在這個萬念俱灰的時刻，一輛黑色轎車駛入遍地狼藉的戰場。

副團長睜大眼睛，甘霖老木屏息。

轎車靜靜停在路中間，沒有進一步動作。

不需要進一步動作，僅僅只是「出現」，就讓整個嘉義萬籟俱寂。

台中軍全體如履薄冰。

在場每雙眼睛都看見了，轎車上有一組眼熟的車牌號碼，一組如雷貫耳的車牌號碼。他們當然知道車裡坐的是什麼樣的人物，那個不問世事的男人一旦介入這場戰爭，只怕台中軍的征途就要在此走到盡頭。

豈止，只怕整個大嘉義帝國都將興旺昌盛，稱雄亞洲。

謠傳過去幾次的台灣內戰中，北部各個縣市都曾輝煌一時，數度進軍侵略南部。然而他們全都在嘉義碰到了前所未有的阻礙，不論多麼強大的軍隊最後都只能打道回府。也因此嘉義被認為是無法跨越的障壁，被譽為台灣唯一擁有絕對防禦的城市。

那道無人能夠踰越的戰線至今仍被世人稱為「北迴歸線」。

車窗搖下，戰場上所有人同時閉上眼睛。他們知道車主向來行事低調，沒有人想破壞這種近乎仁慈的和諧。

台中軍裡走出一個男人，一個同樣存在於傳說之中，用水泥殺佛的男人。

「我還以為你會一直裝睡下去。」男人說道。

「搞出這麼大聲浪，就為了叫我起床？」車主回應。

兩人的聲音中不但沒有敵意，反而像是認識多年的老友。

「你我都知道，不論怎麼打，博愛特區的那個傢伙，才能真正決定這場戰爭的走向。」男人說道。

「那這場戰爭又何必要打？」車主問道。

「不打的話，台灣很多人不知道。」男人說道。

車主點點頭。

男人點點頭。

這場不著邊際的對話沒頭沒尾地結束，台中軍跟嘉義軍相互凝視，彼此都表情凝重，彷彿理解了什麼。

車窗關上，黑色轎車靜靜離開。

台中軍收兵整隊，繼續往下個城市推進。

☖

新北市內部，有個令人聞風喪膽的地域，人稱三蘆。

那是被淡水河及兩條疏洪道環繞、由水路區隔開來的獨立區塊，宛如文明都市裡的一座孤島。

跟島外的和平繁華相比，島內就是一個弱肉強食的叢林世界。有道是，勸君多長一隻手，再到三蘆街上遊。

紛擾、動亂、無序，宛若九龍城寨再世，生活在這非法地帶的每一天都是戰爭。若要從雙北地區找出一股能抵擋台中的勢力，也許只有這個地方。只有最險惡的環境，才能造就最兇悍的戰士。

桃園與台北的疆界，兩方人馬對峙，彼此都嗅到了同類的氣味。

「台中人不拿槍，敢到三蘆街上走嗎？」三蘆軍挑釁。

「你真有種，就到沙鹿來按一次喇叭試試。」台中軍豎起中指。

「叭———」一個三蘆軍毫不客氣地按著手中的汽笛。他身後的上百隻汽笛緊接著響起，一時間宛若選舉造勢現場。

這是再明顯也不過的挑釁。

尖銳的汽笛聲就像一根根銳利的鋼針，不斷刺激著台中人火爆的神經。很多台中人將按喇叭視為街頭開戰的信號，也因此有了「三車三響」的傳統。

所謂的三車三響，意思是說如果有人在台中街上按了一聲喇叭，就需要提前叫警車來處理。

按兩聲喇叭，則是救護車等級的事件。

若你聽見有人按了三聲喇叭，那麼可以省略以上兩個步驟，直接預約靈車來收屍了。

「喇叭一響，爹娘白養。」這種心照不宣的危險默契，讓外縣市的人路經台中時往往連人帶車開啟靜音模式，以免客死異鄉。

然而面對臉色越來越難看的台中軍，瘋狂鳴笛的三蘆軍只是漫不在乎地打了個呵欠。

「蘆洲火車站，火字下面喬，笑你不敢。」他們嘴角微揚，肩上扛著亮晃晃的西瓜刀。

「可以啊，但是記得下次槍戰不要帶刀，很丟臉。」台中軍嗤之以鼻。

自古以來「桃園打架坡」、「基隆天空競技場」、「三重天台商場」併稱北台灣三大聚眾鬥毆聖地，吸引無數格鬥家從全台各地慕名而至。

但是真正的內行人都知道，論單打獨鬥，蘆洲火車站火字正下方那個不起眼的擂台才是最窮凶極惡、同時也最具公信力的格鬥場所。傳聞在過去數十年間，只有一個男人成功活著走下擂台。

奇怪的是，氣氛並沒有想像中的緊張，這場戰爭的爆發太過奇怪，彷彿是有人在背地裡操縱好了一切。

每天都活在戰爭中的三蘆軍對真正的火藥味極其敏銳，老早就發現了異樣。

「真打也好，假打也罷，反正打贏就對了。」台中軍拍拍臉頰，振奮精神。

雙方僵持了數秒，一個三蘆軍突然嘆了一口氣。

「其實我也很想知道，三蘆對上台中到底誰會贏。」他無奈地苦笑：「但這個問題恐怕永遠不會有答案了。」

凶神惡煞的三蘆軍緩緩向兩旁退開。

台中軍一愣，一時間無法理解眼前的情況。那絕非怯戰的退避，也不是友好的讓路。那更像是過馬路的時候，不想被大卡車撞到的閃躲。

哐鏘。

隊列深處傳出沉悶的金屬敲擊聲。

突然其來地，台中軍的每個人，全身上下的每根汗毛都豎了起來。他們不可能沒有聽說過，這位台灣個體巔峰戰力的代表；歷史記載上，唯一在蘆洲格鬥淘汰賽奪冠並且生還的男人。

「博啟……天尊……」台中軍的眼瞳微微收縮。

狂霸的氣息撼動全軍，天下無雙的男人昂首闊步地走了出來。

天尊的背上扛著一根掛滿槓片的奧林匹克標準槓，恐怖的重量讓槓身微微彎曲。他以弓步深蹲的姿勢前進，每踏出一步，背上的槓片就相互撞擊，發出金屬擠壓的悲鳴。

天尊的眼睛不大，眼神卻很銳利，魁梧的身軀上烙著圖騰般的刺青，活像是戰國時代一夫當關、萬夫莫開的上古神將。

他的身後沒有跟隨千軍萬馬。

他一個人就是千軍萬馬。

巨大的威脅感壓迫下，台中軍裡一輛水泥車的駕駛怕到失去理智，腳掌肌肉緊張收縮，一瞬間踩緊油門。

霎時間，整輛水泥車失控暴衝，直直朝天尊撞了過去。

轟。

天尊晃了一下。

水泥車好像撞到一座山，錯愕地停住。

「尬拎拿機掰。」天尊單手抓住車頭。

司機驚慌失措地換倒車檔，猛踩油門。

嗡嗡嗡……引擎發出無助的哀號，厚重的輪胎瘋狂空轉，吱吱嘎嘎在地面上刮出青煙，卻愣是一公分也無法逃離。

天尊另一隻手從口袋裡拿出一包乳清，用牙齒撕開包裝，把粉末狀的高蛋白倒入水泥車後面的攪拌罐。攪拌罐轉動，緩緩拌勻水泥乳清。

「你他媽……」台中軍集體傻眼。

只見天尊腰間發力，車輪瞬間離開地面，整輛水泥車被抬了起來，充滿蛋白質的營養水泥咕嘟咕嘟灌入天尊口中。

他拋下水泥車，擦擦嘴巴，打了個飽嗝，灼熱的氣流宛如龍王吐息，遙遙噴在台中軍每一張錯愕的臉上。

「在座各位，都是三公分。」天尊獰笑。

無所畏懼的台中，終於向後退了一步。

這一退，就是氣魄上的全面敗北。

△

與此同時，雙和地區的街道上，板橋軍還在星際迷航。

「隊、隊長，我可能不行了……」一個隊員虛弱地躺在隊長的臂彎中。

「混帳！站起來！你給我站起來！這是命令！」隊長的眼睛紅了，嘶啞著嗓子說道。

「結束了……我們走不出去了……」隊員的眼角淚水流淌，擠出一個難看的笑容：「你還不明白嗎？出口從一開始就不存在啊……從來沒有人可以走出中和啊……」

「撐下去啊！拜託了……再堅持一下就好……」隊長已經淚流滿面：「你知道嗎？就在戰爭期間……台灣同婚已經合法化了，只要從這裡走出去，我們就可以……」

「隊、隊長？」隊員驚呼，臉頰上泛起紅暈。

「就可以上網看那些投票不看內容的文盲崩潰了。」隊長悔恨地握拳。

「……隊長。」隊員闔上眼睛。

「嗯？」

「我幹你娘。」

「喂……」隊長拍拍隊員的肩膀。

「又幹嘛？」隊員不耐煩地問。

「台中人……會飛嗎？」隊長的聲音有點遲疑。

「什麼東西？」隊員睜開眼睛。

只見隊長抬起手，愣愣指著遠方。

遙遠的天邊，幾個細小的黑點像蚊蟲一樣在半空浮動。他艱難地瞇起眼睛，仔細一看，原來是好幾個台中人在天上飛來飛去。

「那個男人真的出手了……」隊長猛然驚醒，激動地拍著隊員的肩膀：「那裡就是西邊！是回家的路！你醒醒！我馬上帶你出去！」

板橋人，終於可以回家了。

△

另一方面，偏安一隅、始終堅信不會遭到戰爭波及的南部，在嘉義淪陷後，終於意識到事態的嚴重性。

台南，我家巷口。

「怎麼辦？台中打過來了，我們是不是要趕快跑啊？」巷口蚵仔煎的老闆挖著鼻孔。

「戰爭聽起來好像很危險，以後在路上騎車是不是應該戴一下安全帽？」巷口牛肉湯的老闆搔搔頭。

「我兒子下個月就滿三歲了，我還等著他生日那天要教他騎機車欸，還是我們乾脆投降算了？」巷口小巷米粉的老闆嘆了口氣。

「聽說台中的辣椒醬是甜的，說不定他們也沒有傳言說的那麼壞？」巷口棺材板的老闆附議。

「其實我也沒有很想打，我看我們請台中人吃一頓飯，用美食感化他們的暴戾之氣比較實在。」巷口虱目魚湯的老闆表示同意。

「對啊對啊，台南人最nice了，大家都是好朋友，有什麼好打的？」巷口泡沫紅茶的店員聳聳肩。

眾人談話間，一個客人來到泡沫紅茶店的櫃台。

「先生請問要喝什麼？」店員露出親切的笑容。

「我要一杯紅茶，半糖。」

客人一字一句清楚地說道，他的胸口還別著台中的市徽。

店員的笑容凝結。

「嗚嘔嘔嘔嘔……」巷口牛肉湯的老闆突然彎下腰，劇烈地嘔吐。

「傳聞是真的，居然有人飲料喝半糖。」巷口蚵仔煎的老闆完全無法接受。

「噁心，真的很噁心。」巷口棺材板的老闆臉色鐵青。

空氣突然變得沉重。

台中軍從街角處緩步而出。

領頭的台中人手裡端著一碗浮水魚羹，吃了一口。

「好甜，台南的食物怎麼都那麼甜？」

他吐掉口中的魚羹，把碗哐啷一聲摔裂在地上。

「其實台南的東西也沒有比較好吃嘛。」

面對如此明顯的挑釁，巷口的老闆們終於再也沉不住氣。

「決鬥喇幹！」巷口牛肉湯的老闆額頭上爆起青筋。

「你他媽沒被車撞過是不是啊？」巷口小卷米粉老闆大聲咆哮。

「我家巷口屌打你家巷口啦！」巷口虱目魚湯的老闆用力拍著桌子。

「我看你是不知道為什麼棺材板叫做棺材板喔？」巷口棺材板的老闆臉色陰狠。

「決鬥？」一個台中軍揚眉，槍口指著巷口小卷米粉的老闆，隨意扣下板機。

喀。子彈卡膛。

台中軍愕然，槍口朝下，倒出一堆白色粉末。

「糖？」開槍的台中軍皺眉。

「這是我兒子的奶粉。」巷口小卷米粉的老闆冷笑。

他笑聲未絕，全身上下突然出現數十枚細小的紅色光點。埋伏在遠方高樓上的數百名狙擊手，第一時間用雷射瞄準器鎖定了目標。無數光點在巷口肆意游走，警告意味濃厚。

然而巷口老闆們的眼睛連眨都沒眨一下。如此氣魄，連兇殘的台中軍都不禁動容。

不過他們都誤會了，其實台南人只是天生看不到紅燈而已。

就在雙方即將發難之際，一群高中生衝出來打圓場。

「大家冷靜！」

他們全都穿著水藍色的全套運動服，看上去就像一隻隻可愛的藍色小精靈。

「這是激將法，目的就是希望挑起戰爭，大家千萬別中計了！」為首的藍色小精靈說道。

「不好意思。」台中軍裡突然舉起一隻手。

「請說。」藍色小精靈心平氣和地微笑。

「我覺得台中一中才是真一中。」舉手的學生說。

「放屁！」藍色小精靈瞬間暴怒。

他身後其他的藍色小精靈也暴跳如雷，紛紛破口大罵。

「中一中是三小？我今天第一次聽說喇！」

「我家巷口高中屌打啦廢物！」

「偉哉我大竹園岡，舉世無雙！」

台中軍裡的中一中學生們也不甘示弱地回嗆。

「南部高中都給我下去啦！」

「等台南有一中街再出來講話好嗎？」

「單挑啊垃圾！輸的校名倒過來唸敢不敢啦？」

「不好吧？幹嘛一定要倒過來唸？」一個路過的南二中學生皺眉。

不過沒有人理他，因為南二中近幾年變成男女混校，大家都是又妒又恨，紛紛為了自己的生不逢時感到悲憤。

一中各表的情況持續多年，此刻新仇加上舊恨，雙方氣氛劍拔弩張，眼看戰爭一觸即發。

此時，從南邊來了一群人。

一群騎著山豬，身穿紫色外套的人。

整個北台灣都在為了北部的名號廝殺時，有座城市對卻這種情況相當不屑。台灣人戰南北不是一天兩天的事，他們卻鮮少有所回應。

多年以來，江湖上流傳著許多關於南部的傳言。

南部人都騎山豬上下班。

南部人都在河邊洗衣服。

南部沒有網路，打個公共電話還得到村長家裡排隊。

人們不知道的是，這些傳言都是稀釋過的。

屏東人很少在南北戰爭中表態，因為他們不屑。他們是台灣血統最純正的南部人，真正生活在國境之南的驕傲民族。

他們騎最兇的山豬、曬最烈的太陽、吃最燙的刨冰、買最貴的滷味，白天逛夜市，晚上遊大街。

屏東的山豬有多兇？牠們吃過的萬巒豬腳比你走過的路還多！

屏東的太陽有多烈？連鮪魚都能曬成黑鮪魚！

「嘉義也好意思叫自己南部？亞熱帶地區的不要出來讓我笑好嗎？」

「南部又老又窮？你叫那些北部人去墾丁點一盤滷味啊。」

「台中人想打仗，那就打吧，從今天開始，過高屏溪，殺人無罪。」

面對紛亂的局勢，全台灣最南端的屏東終於做出回應。陽光兒女們不畏酷暑揮軍北伐，一路長途跋涉到台南助拳，正面槓上台中軍。

走在最前頭的是一排身穿紫色外套的雄性。

那是世界上最飢渴的生物，屏中生。

江湖人稱，紫色小淫魔。

⌂

台南人看到屏東軍登場時全都驚呆了。

面色凝重的屏東軍，頭上居然戴著安全帽。居然有人在南部戴安全帽，簡直令人難以想像，他們在來到台南的路上究竟看到了什麼？

「台南人打仗，還不需要別人幫忙。」巷口牛肉湯的老闆說道。

「現在不是內鬥的時候。」藍色小精靈再度跑出來當和平大使，友好地對屏東軍問：「你們有什麼武器？」

「屏東有三寶。」紫色小淫魔回答。

「哪三寶？」藍色小精靈問。

「陽光、沙灘、比基尼。」紫色小淫魔傲然回答。

「佩服。」藍色小精靈悠然神往。

「你們呢？」紫色小淫魔問。

「台南也有三寶。」藍色小精靈回答。

「哪三寶？」紫色小淫魔問。

「就……就路上很多三寶。」藍色小精靈支支吾吾地回答。

「嗯。」

「你哪裡人？」藍色小精靈轉移話題。

「萬丹。」紫色小淫魔說道。

「聽說你們豬腳很好吃？」藍色小精靈頓了一下，補充說道：「不過我家巷口屌打。」

「那是萬巒。」紫色小淫魔更正。

「萬巒不是盛產紅豆餅？話說我家巷口還是屌打。」

「產紅豆餅的是萬丹。」

「所以你到底住在哪裡？離墾丁很近嗎？」

「……你是不是想打架？」

「都不用打了。」台中軍突然插嘴，對著屏東軍問道：「你們都看到了吧？」

屏東軍沒有說話，面色凝重地點點頭。

「什麼意思？」台南人問：「你們到底看見了什麼？」

屏東人沉默了許久，才開口回答。

「信仰。」

⌂

高雄，幸福城市，光榮之都。

戰爭迫近，人心惶惶，憂慮的民眾集結在夢時代前的廣場，引頸期盼他們的領袖發表演說。

根據大會統計，現場聚集的人數已經達到三千萬，突破台灣史上所有集會人數的紀錄，順便也突破了台灣人口的數目。

這也難怪，畢竟獨一無二的世界偉人，時代的先驅，人類的領袖，即將在萬眾矚目下登場。

若說人生如戲，這個男人可以說是掌握全盤局勢的導演。

導演出現的瞬間，九霄之上風雲匯聚，萬里祥雲竟凝結成鳳凰展翅的磅礡意象。

導演揚眉，灼熱的眼神震撼人心。

導演頷首，和煦的笑容令人如沐春風。

導演抿嘴，痛心疾首的表情令人胸口一緊。

「相信很多人都已經知道，台中人覬覦我們豐富的石油資源，已經派兵向高雄侵略。請大家不要擔心，我在這邊向大家報告，我們已經擬好作戰方案，一切都在掌握之中。」

「敵軍來襲的時候，我們會第一時間派出F1賽車疏散人潮，不會有任何民眾受傷。並且，我們找來國際巨星，有戰爭機器之稱的魔鬼終結者來代言我們的軍隊，相信一定能成功嚇退台中人！」

「今天早上，我已經跟台中軍的領袖宣戰，中華民國歷史上，從來沒有人有這樣的膽識。」

「勿忘世上苦人多，我們不只要打一場庶民戰爭，我們還要打一場發財戰爭！」

「人出得去，禍進不來，高雄——發大財！！！！」

廣場上的民眾高舉雙手，歡呼聲響徹雲霄，集體法喜充滿，市民光榮感突破天際。

無數鄉親父老心神激盪，感動得痛哭流涕。他們知道，他們的英雄已經做好準備要承擔任何重要的職位，粉身碎骨也在所不惜。

「那個……台中那邊說沒有接到宣戰通知欸？」人群之中，一個講話不會看場合的青年舉手問道。

全場靜默。

導演皺眉，不怒自威的霸氣瞬間噴發。

霎時間，遠在數公里外的愛河波濤翻湧，原先清澈的河水瞬間混濁，由黃轉黑，又由黑轉綠，再由綠轉褐，一時間連變數色，彷彿彰顯著導演的惱怒。

青年彷彿還有話要說，他的聲音卻讓潮水一樣的歡呼聲給淹沒。沒有人會在意那個只會造謠抹黑、慘遭政治洗腦的青年，廣場上的所有人都堅信，導演會帶他們走向光明的未來。

即使大批網軍不斷汙衊、即使多數媒體無情打壓，都不會改變他們堅定的信念。導演覆滅過太多流言蜚語，締造無數輝煌事蹟，包括擊潰那個富可敵國的男人。

他們當然不會忘記，不久前的那天，導演舞台後的高樓外牆上，浮現一張巨大的臉龐。

那可是被媽祖選中的男人，台灣最頂尖的鈔能力者。

戴著帽子的男人橫空出世，帽子上一朵驕陽烈焰般耀眼，令人難以逼視。

導演不由得瞇起眼睛。

「你為什麼不敢看我？」帽子男淡淡地問。

「我用屁眼看你。」導演冷笑，往前跨了一步，卻被自己的鞋帶絆了一下。

導演垂首嘆息，世道艱險，居然連鞋帶都要卡他。

他於是伸出腳，露出鬆脫的鞋帶。

「……不要鬧，自己綁。」帽子男皺眉。

「別這樣，大不了我有空去你家睡一晚。」導演說道。

兩個男人凝重地對峙，周遭萬籟俱寂，只剩遠處列車駛過的聲音清晰可聞。

「嗚喔——汽汽汽汽汽汽……」

那場驚心動魄的戰役足足打了三個月。

三個月後，導演的勤懇，導演的真誠，終於被人民看見。這個世界畢竟唯真不破，導演最終取得了壓倒性的勝利，高雄市普天同慶，老天喜極而泣。

「我的內心，沒有一絲喜悅。」導演的臉上充滿悲憫。

這一句話，不知說進多少人的心坎裡。

於是，全台灣都意識到了，內戰以來一直保持沉寂的高雄，終於放出他們最大規模、最具破壞力的毀滅性兵器。

真正的戰爭，從這一刻開始。

「導演，下一幕在哪拍？」一旁的工作人員低聲問道。

導演沒有回答，他看著底下慷慨激昂的民眾，若有所思。

比起他的狂信徒，他看得更廣更遠，他知道，只有台灣能改變，他才能真正改變高雄。所以，這部戲的下一幕，必須轟轟烈烈，必須震撼全台，必須驚天地、泣鬼神。

導演靠近麥克風，深呼吸。

「走啊，去總統府。」

全場瞬間沸騰。

「發大財！發大財！發大財！發大財！」

鋪天蓋地的歡呼聲中，青年的眼神逐漸迷離。

「發……發……」他終於也忍不住跟著開口。

「發Q咧！」

並非所有的高雄人都相信導演能夠帶領大家獲得勝利。

大量驚慌的民眾聚集在佛光山上，人群爭相推擠，想擠入佛陀紀念館。他們所尋求的並不是虛無飄渺的精神慰藉，而是實質上的武力庇護。畢竟，全台灣最先進的空中軍事力量「宇宙戰艦佛光號」就位於此處。

蒼老的艦長坐在大佛頭頂內部的駕駛艙，無奈地笑了笑。

「艦長，還不開船嗎？」一個船員問道。

艦長固執地搖搖頭。

「佛光號不是為了內戰而建造。」他已經將這句話重複了一千遍。

的確，這種規格外的戰力本來就不該投入內戰。

彰化泛用型武裝機甲，大佛號。

宜蘭龜山島核子潛艇，玄武號。

高雄泰坦級宇宙戰艦，佛光號。

這三樣分別代表台灣陸、海、空最頂尖軍事力量的超兵器，從來就不是為了要打自己人而存在。彰化已經壞了規矩，若非當時大佛機甲無人駕駛，恐怕台中軍團早在民生地下道一役就會全軍覆沒。

更何況，戰爭的規模不該再擴大了，編輯真的會生氣的。

「難道我們要眼睜睜看著高雄被台中侵略嗎？」年輕的船員憤怒地握拳。

艦長露出神祕的笑容。

「你真的以為，高雄沒有別人了嗎？」

⌂

西子灣大學隧道口。

無數猴群集結，齜牙咧嘴、毛髮怒豎。

牠們是這所學校真正的統治者，宿舍裡的每寸土地都是牠們的巢穴，行人手裡的每份餐點都是牠們的食糧。

這裡是牠們豢養人類的動物園，牠們誓死捍衛的領土，牠們的花果山。

鳳山區。

本該車潮洶湧的十字路口，此刻宛如時空停止般寂靜。數十輛汽機車遠遠停在距離路口十公尺處，彷彿被一道無形的結界阻隔在外。

所有人都低著頭，不敢看向前方。

即使是當地最兇狠剽悍的飆車族也不敢在這個時候往前。

他們都知道，有個鬼故事等級的在地傳說，會在這個十字路口出沒。

一名計程車司機吞了口口水，方向盤上的雙手微微顫抖。

扣。

有人敲了敲車窗。

司機渾身劇震，巍巍轉頭看向窗外。一張面無表情的蒼老面孔貼在車窗上。

他戰戰兢兢地搖下車窗，勉強擠出笑容。

「阿婆，有什麼事嗎？」

阿婆沒有回答，陰惻惻地抬起手，一隻手抓住寶特瓶，另一隻手握著一顆柳丁。阿婆握拳，柳丁在黝黑的手掌中悲哀地扭曲、變形，發出空氣擠壓的啾啾聲。

司機瞪大眼睛，一股水果發酵過度的酸味緩緩滲入鼻孔。

他從沒見過這麼不衛生的手榨柳橙汁。不，與其說是手榨柳橙汁，不如說阿婆正在徒手虐殺那顆柳丁。

死於非命的柳丁噴出黃黃黑黑的屍水，沿著阿婆的手掌流入寶特瓶。

「要喝果汁嗎？」阿婆遞出寶特瓶。

司機把頭搖的跟波浪鼓一樣。

哐啷。

阿婆將裝滿果汁的寶特瓶丟進車內。

「二十塊。」阿婆命令。

「……」司機大腦當機，機械而僵硬地拿出二十塊給阿婆。

綠燈。

阿婆滿意地點點頭，向後退了一步，隨手幹走一個機車騎士掛在握把上的鹹酥雞，然後鬼魅一樣消失。

所有用路人不約而同鬆了口氣，他們都知道，不論來的是什麼樣的敵人，都無法安然通過這個路口。

因為這裡有全世界最恐怖的地縛靈，鳳山水果阿婆。

阿婆一個人，就是高雄軍最固若金湯的防禦設施。

鳳凰山，軍事用地。

高聳的草叢間，幾道輕微的呼吸聲起伏。

一個極擅長隱匿氣息的小隊埋伏在草叢間，鋼盔頭帶上插著以假亂真的雜草，臉上塗抹著迷彩顏料。

他們是精銳中的精銳，匿蹤戰爭的行家。他們有自信，台灣沒有任何一支部隊能夠發現他們的蹤跡。

除了鳳姐。

噗噗噗……

老舊摩托車特有的引擎聲由遠而近，一名頭戴斗笠的婆婆騎車經過。

摩托車後頭綁著一個箱子，車身四周都掛滿了塑膠袋。箱子裡裝著熱騰騰的肉粽，塑膠袋裡放滿一瓶瓶冰涼的飲料。

隊員們停止呼吸，幾乎與環境融為一體。

「還躲啊？」老婆婆下了車，隨意一腳踢在其中一個隊員的屁股上。

她就是鳳姐。

無論部隊操課的地點多麼隱密，無論士兵偽裝的技巧多麼高明，鳳姐都可以騎著那台摩托車找到你，然後為你帶來一顆二十元的超便宜肉粽。

就算是野戰部隊實彈演習，鳳姐的肉粽照樣能在槍林彈雨裡絕讚熱銷。很多人認為，鳳姐就是台灣北部粽永遠打不贏南部粽的主因。

如果你以為鳳姐賣的只有肉粽，那就大錯特錯了。

舉凡鋼盔被同梯幹走、子彈遺失、槍枝損毀，甚至女朋友兵變，鳳姐都能幫你搞定。

在步校或陸軍官校待過的人，或多或少都賣鳳姐一個面子。大家的口袋裡都有一張名片，上頭寫著鳳姐的電話號碼，那是關鍵時刻的保命符。

鳳姐一個人，就是高雄軍最強大的後勤補給。

中正體育場，高雄市健訓中心。

昏暗的小屋裡，鐵鏽味瀰漫。一名身形矮小的老婆婆正看著牆上老舊的小型電視機播放的新聞。

這裡本來就是港都魔鬼筋肉人聚集的場所，aka怪獸與他們的產地。這位老婆婆更是怪物中的怪物。

老婆婆喝了一口自己泡的咖啡，沒有端杯子的那隻手，正輕輕勾著一根奧林匹克標準槓。她勾動手指，用不可思議的超高速單手揮舞著長槓，轉筆一樣輕鬆寫意。

悶熱的小屋裡颳起一陣又一陣充滿壓迫感的強風，雪白的止滑粉在暴動的氣流中飛舞，催起一場躁動的雪。

寶刀未老這句成語用在她身上未免顯得太過抽象。對她來說，鍛鍊就像呼吸一樣自然，數十年如一日。她是台灣健力界的長青樹、多項世界紀錄保持人、永遠都在現役的超級戰士。

她的存在與其說是國寶，不如說是世界遺產。

不論過了多少年，我都不會忘記大學期間從這位沒有血緣關係的阿嬤身上得到多少鼓勵。同時我也相信，健力阿嬤一個人，就是高雄最萬夫莫當的戰士。

水果阿婆、鳳姐、健力阿嬤，高雄每一天的平安過去，都得感謝這三位超齡小女警的努力。

這令人敬畏的鐵三角戰隊，被世人尊稱為「超齡娘」。

這一陣子，高雄被嘲笑太久了。

有太多高雄人急欲透過這場戰爭向全台灣證明，港都擁有的深厚底蘊，誰都惹不起。

△

雨都，宜蘭。

這裡的雨一年下一次，一次下一年，雨量之大，雨時之長，宛若一座長年泡在水中的都市，素有「雨特蘭提斯」的美譽。

雨都，基隆。

這裡的氣象預報上只會出現三種天氣，分別是大雨、豪雨跟暴雨，雨區之廣泛、雨勢之兇猛，宛若一座長年泡在水中的都市，以「龍宮」之稱聞名於世。

這兩座城市有許多意見上的分歧。

比如吃乾麵要拌馬露醬還是要拌黃江仔醬。

比如地理課本上到底該寫「竹風蘭雨」還是「新竹風，基隆雨」。

比如，哪座城市才是真正的雨都。

基隆，大雨滂沱的街道上，兩個身影相對而立。

一名身穿西裝的中年男子，以及一位撐著傘的老婆婆。

吉祥哥一如既往地沒有撐傘，任憑雨水打在臉上，雨珠在眉毛上匯聚成水流，滲入眼中，他的眼睛卻連眨都沒有眨一下。

「基隆人還沒學會撐傘嗎？」老婆婆問。

「怕雨的人才撐傘，基隆人不怕雨。」吉祥哥還是那句話。

語畢，他伸手攔住一個路過的行人，一手拉住他的衣領，一手揪著他的褲腰，將行人整個人高舉過頭。

「……」行人橫掛在空中，面無表情地淋著雨，彷彿對這種情況已經習以為常。

「基隆人都撐基隆人。」吉祥哥微笑。

基隆人是征服雨的民族。

他打從心底相信，這個世界上不存在任何一種生物、不存在任何一種材質，能比基隆人更防水。

「我在宜蘭活八十年了。」老婆婆突然說道：「淋了八十年的雨，我才學會一個道理。」

「洗耳恭聽。」吉祥哥說道。

「淋雨的人永遠比躲雨的人更強大。」

老婆婆莞爾，伸手在脖子上輕輕一抹，撥開老皺鬆散的皮膚，裸露出幾道淺肉色的裂縫。

「……鰓？」吉祥哥眼瞳收縮。

在與雨共生的漫長歷史中，宜蘭人居然已經演化到了這種程度。

「傳聞，你是基隆的地下領袖。」老婆婆的聲音低啞，十指箕張，指縫間赫然生長著蛙類一樣的肉蹼。

「是又如何？」吉祥哥凝神。

「是的話，拿下你，就等於拿下基隆。」

老婆婆的氣息在暴雨中逐漸微弱，直到身影完全消失在雨幕之中。

吉祥哥脖子上汗毛豎起，猛然從腰間抽出一根金屬吉古拉，迴身往背後一格。

鏘！猛烈的雨勢中火星四濺。

就差那麼一點點，老婆婆就敲碎了自己的後頸椎。

吉祥哥看著 8 字型的衣架落在地上，不由得同情起被父母用衣架抽打的宜蘭小孩。

他還是沒看見老婆婆的身影，這頭兩棲類的老妖怪彷彿已經完全跟雨勢融為一體。

「好硬的竹輪。」老婆婆的聲音迴盪在耳際。

「這是吉古拉。」吉祥哥正色。

「那不就是竹輪嗎？」老婆婆又說。

吉祥哥沉下臉，他已經很久沒有這麼生氣了。

他瞇起眼睛，用心感受雨的氣息。注意力集中到極限的瞬間，周遭的一切都緩慢了下來，無數雨滴在半空中滯留。

台灣有一句俗諺，「基隆人會鑽雨縫」。對吉祥哥來說，這句話並不只是俗諺。「沒有基隆人躲雨，只有雨躲基隆人。」吉祥哥消失在原地，化做一道衝破重重雨幕的迅疾身影。

空氣中傳來一陣清甜的氣息，吉祥哥頭部一偏，躲掉憑空射來的幾根三星蔥。吉古拉倏地掃出，勢大力沉地敲在老婆婆背上。

老婆婆挨了這記重棍，悶哼一聲，反手抓住金屬吉古拉。

吉祥哥只覺一股怪力自吉古拉上傳來，兵刃不由自主地脫手。

哐啷。吉古拉被凹成8字型扔在地上。

「咳！」老婆婆喉間一甜，嘔出一大口鮮血，透露出嚴重的傷勢。她的身影只出現那麼一瞬間，旋即沒入雨中，向遠處遁走。

暴雨快速沖洗掉空氣間的血腥味，抹去老婆婆的蹤跡。

「逃？」吉祥哥喘著氣。

「妳所犯下最大的錯誤，就是在基隆跟我開戰。」

△

老婆婆在基隆崎嶇的街道中奔跑，越跑越是心驚。

她並沒有選擇搭乘公車，她明白吉祥哥對這座城市的一切瞭若指掌，放射狀的公車線路就像一張巨大的蜘蛛網，等待著獵物上門。

然而，她漸漸發覺，無論自己怎麼跑，似乎都還是在同一個地方打轉。這座城市彷彿是由無數條單行道所構築的迷宮，充滿惡意的單行道結界將她牢牢困住。再這樣下去，被吉祥哥找到只是時間問題。

迫於無奈，她攔下路邊一輛計程車。

筋疲力竭地上了車，總算鬆了一口氣。失手了，也許自己終究該學會服老。

老婆婆當然知道在基隆挑戰吉祥哥是不智之舉，然而此刻台灣各地戰火猛烈，情勢危急，她無論如何不希望戰火波及到她心愛的家園。

實力深不可測的雙北地區、兇殘的台中、狂熱的高雄……

戰爭的規模已經不是宜蘭可以負荷的程度，遠遠超出了她當初的預想（也不小心超出了出版社的預想，我真的很抱歉）。

她曾經打探過花蓮國對戰爭的反應，對方狀態顯示為已獨，國情相對穩定。也就是說，如果可以用一人之力拿下整個基隆，就能在戰爭中取得極大的優勢，不論是跟台中軍合作遠交近攻，或是與雙北地區形成同盟，都能保得宜蘭安全。

老婆婆想著想著，突然意識到一件事。

「……你沒有問我要去哪。」她對著司機說道。

「想去哪？」司機一愣，問道。

「去碧砂漁港吃海鮮。」老婆婆隨口回答，內心悄悄開始警戒。

計程車忽然停止行駛，停在一個公車站牌旁邊。

「妳不是本地人？」司機問。

「你怎麼知道？」老婆婆故作輕鬆地笑。

司機冷笑一聲，沒有回答。

車門突然打開，一個人提著行李箱上了車。

尖銳的危機感瞬間擠壓老婆婆的神經，她喀喀喀轉動僵硬的脖頸，發現吉祥哥就坐在後座的另一邊。

她怎麼算也沒有算到，基隆是把計程車當成公車來搭的城市。

「驚訝嗎？」吉祥哥優雅地微笑：「跟陌生人一起搭計程車，也算是基隆的日常喔。」

「吉祥哥。」司機透過後照鏡點頭致意。

「辛苦了，你今天早點下班吧。」吉祥哥點點頭。

「是。」司機下了車，淋著雨頭也不回地離開，留下吉祥哥與老婆婆在車內。

吉祥哥打開行李，露出裡面的機器。

不論是基隆人還是宜蘭人，都絕不會認不出這台生活必需品，除濕機。

「妳不希望宜蘭受到傷害吧？」吉祥哥緩緩開口，一面打開除濕機。

「……」老婆婆沒有回答，心底快速盤算著如何脫離險境。

「希望妳能明白，我對基隆的心情也是一樣的。」

吉祥哥將除濕機的功率開到最強，老婆婆一愣。

「放任著妳這樣的人物在街上亂跑，對基隆太危險。」

除濕機嗡嗡嗡運轉，空氣中的水分迅速流失，車內逐漸乾燥，老婆婆突然覺得呼吸有點困難。

「讓我見識一下吧，為了適應潮濕環境而特化的妳，在沒有水氣的情況下可以存活多久呢？」

吉祥哥翹起雙腿，輕靠在椅背上，隨手遞出一跟吉古拉。

「這是什麼？」老婆婆皮膚乾裂，嘶啞地問。

「真正的吉古拉，妳吃吃看吧，跟竹輪真的不一樣喔。」吉祥哥說道。

「很重要嗎？」老婆婆突然覺得有點好笑，頸部兩側的鰓悄悄滲出血水。

死到臨頭，她反而放鬆了下來。

「唯有這點，寧死都不想妥協呢。」吉祥哥聳聳肩。

不久前還相互廝殺的兩人，此刻彷彿熟識多年的好友，肩併著肩坐在車內，一起吃著吉古拉。

老婆婆嚼了幾口，虛弱地闔上眼睛，垂下頭，像是睡著了一樣。

窗外一道黑影掠過，一隻烏秋猛地撞破車窗，闖入車內。

烏秋停在老婆婆頭上，扯下一撮頭髮，叼在嘴裡飛出窗外，在天空盤旋了一圈，往東方飛去。

牠得為老婆婆的孫女帶去哀慟的死訊。

這只是戰爭中的小小插曲，也許不會再有人注意到，擁有宜蘭最頂尖戰力的老婆婆，就這樣無聲無息地殞命在基隆一角。

如果這場戰鬥發生在老婆婆的主場，銅牆鐵壁的宜蘭，也許就會有不一樣的結果，然而這世上畢竟沒有如果。

吉祥哥下車，思考起基隆的下一步走向。

☖

內戰爆發以來，台灣西部烽火連天，戰亂頻繁。

戰況逐漸失去控制，台南作為台中軍與南部聯軍的交鋒地點，也早已不再安全。我一面紀錄旅途中所見所聞，一面想方設法找尋機會，逃到相對安穩的東部，想要投靠我的台東朋友木原。

我擔心他會拒絕收留我，索性來個先斬後奏，到了台東才打電話給他。

「喂？我到火車站了，你可以來接我嗎？」

「哪個火車站？」

「台東火車站啊。」

「……我住在長濱，你知道我家離台東火車站有多遠嗎？」

「還是我坐去長濱火車站？」

「長濱沒有火車站。」木原嘆了口氣：「你等一下，我去接你。」

兩個小時後，木原才騎著他的愛駕姍姍來遲。

那是頭健壯的山豬，全長將近兩米，體重直逼四百磅，擁有一天五十公斤地瓜馬力，搭載最新獠牙防撞桿、真皮坐墊，兇悍異常。這種大型山豬的牌照很難考，養起來也很花錢，大多數人都會選擇騎較為溫馴的品種。但是不得不承認，大山豬騎起來就是潮，可說是男人的浪漫。

「好久不見。」我走上前跟木原擊掌，問道：「都來到市區了，可不可以順便帶我逛逛？台東有哪裡好玩嗎？有沒有特別推薦的景點或食物？」

「我哪知道。」木原搖頭：「我都在家裡吃。」

「那好啊！我們就去你家裡吃！」我雙手一拍，厚著臉皮說道。

「……你到底來台東幹嘛？」木原拍拍山豬的頭熄火，山豬馬上趴在地上睡覺節省能源。

「西部現在亂成一團啊。」我苦笑，將這座島上正在發生的一切告訴他。

「這麼嚴重？」木原張大嘴巴，隨即也告訴我東部的現況。

幾個月前，鄰國閉關數月的花蓮王修行結束，破關而出，一時間天搖地動，全台有感。各大媒體都以為他將針對島內戰爭採取行動，不料花蓮王出關後全面鎖國，封閉疆域。

也許花蓮王想避開勞民傷財的戰爭，又也許他想等西部各縣市相互殘殺，待其氣勢衰頹之時再大舉出兵，坐收漁翁之利。

花蓮作為台灣領土中最早獨立的地域，在眾多自治區中表現突出，多年來局勢穩定，國勢昌隆，這一切很大程度要歸功於德高望重的花蓮王。

花蓮王在位年間首創五教聯合祭天系統，融合古今中外諸多信仰之力，驅使颱風轉彎、農作豐收，保得花蓮國境內風調雨順，國泰民安，一手締造奇萊王朝太平盛世。

遙想起前幾年，花蓮不幸發生大地震，我剛好出版第一本書，於是捐出微薄的版稅進貢。沒想到花蓮王居然慷慨地拿出多達一半的獻金資助災戶，事後更斥資千萬，對捐款的民眾寄出包裝精美的政績報告，揚威全台，令我心嚮往之。

只可惜花蓮國鎖國後不開放外地遊客參訪，台東已是我所能找到的最後依靠。

木原騎著兇猛的山豬，載我迎風馳騁在海邊。颱風將至，台東外海狂風呼嘯，巨浪翻騰。

「你會不會擔心有天戰爭打到這裡來？」我問。

「擔心？」木原迎風大笑：「如果戰爭真的打到這裡，不論來的是誰，會擔心的都不會是我們。」

「這麼有信心的嗎？」我倒是沒這麼樂觀，內戰爆發之初，幾乎所有縣市都信心滿滿，到現在還能笑出來的卻沒幾個。

「連颱風都沒經歷過的脆弱西部人，還敢出兵到台東啊？」木原鄙夷。

「住台灣的誰沒經歷過颱風啊？」我不同意。

「你們經歷過的那種東西能叫颱風嗎？」木原搖頭：「你有看過早餐店的招牌在天上飛嗎？你有看過鄰居的屋頂在地上滾嗎？你有經歷過颱風天斷水斷電只能躲在家裡點蠟燭嗎？西部軍來到這裡，能不能活過夏天都很難說。」

木原每個字都說得鏗鏘有力。

的確，中央山脈作為台灣天然防禦屏障，每年都替西部居民破壞數不盡的熱帶氣旋，擁有最強斬颱刀的封號。

不管哪路颱風，只要膽敢穿越這座太平洋上的路霸山脈，不死也得脫層皮。二〇一六年的時候，中央山脈連續找碴三個颱風的輝煌事蹟仍令我記憶猶新。

當時還年輕氣盛的尼伯特颱風挾帶巨大的外圍環流，來勢洶洶，直取東岸。

「你各位島民，皮給我繃緊一點！陸上警報通通給我發起來！」

「吵什麼吵？第一天登陸台灣啊？」中央山脈一刀將這個超級強颱劈成中度颱風。

兩個月後，擁有傳說級風速的極端強颱莫蘭蒂行經台灣。

「我只是經過而已。」莫蘭蒂颱風客氣地說。

面對凶狠霸絕的中央山脈，即使是這位名列二十一世紀西北太平洋前三強大的風暴也不敢直攖其鋒，畢恭畢敬地以弧形軌道繞經南台灣，意思意思造成全台七十二萬戶停水，一百一十萬戶停電。

「經過也不行。」不料中央山脈蠻不講理地削掉莫蘭蒂的外圍環流，重創它厚實的雲層，衛星雲圖上一片腥風血雨。

又過了兩週，梅姬颱風卯足全力朝東岸衝刺，誓言為自己早逝的親族復仇。

「有種正面上我啊！」她淒厲地哭喊，颱風眼迎頭撞上台灣。「上就上。」中央山脈隨手戳瞎她的颱風眼，梅姬氣旋結構瞬間摧毀大半，險些潰散。

那年，中央山脈一戰成名，積威甚深，各界颱風無不忌憚，紛紛警告新生的熱帶低氣壓，沒事不要經過台灣。相反的，倘若失去中央山脈的庇護，西部居民在颱風面前宛如蛋殼般脆弱。

一九八六年韋恩颱風，行徑詭譎，走勢變幻莫測，繞過中央山脈從西岸登陸，張狂的風勢把西台灣吹得毫無還手之力，各地氣象站紛紛測得最高風速記錄。媒體稱其：「一個颱風，兩次登陸，三次警報，四次轉向。」更被氣象局封為侵台四大怪颱之一。

二〇〇一年納莉颱風，同為侵台四大怪颱之一，路徑奇特，由東北至西南貫穿全台，風眼滯台時間史上最長，直接導致兇猛的雨勢籠罩台灣，刷新多處氣象站雨量紀錄。

這些僥倖躲過斬颱刀的少數颱風，全都對西台灣造成了嚴重的破壞。

而直接面對太平洋的東部，絕大部分時候都得承受百分之百的颱風威力。更何況，中央山脈霸凌颱風時，往往會在迎風面的東部激盪出更狂猛的雨勢，給這裡帶來嚴重的損害。

「說實話，這麼多年颱風都坦住了，會坦不住西部聯軍？」木原說。

「我怎麼聽你的語氣有點酸酸的？」

「……怎麼說呢？」他尷尬地抓抓頭：「每當我們這邊狂風暴雨、山坍水淹的時候，電視裡媒體卻報導災情輕微、網路上民眾靠腰沒有放颱風假，大家一口一個護國神山的叫，好像中央山脈真的保護了整個國家，偶爾還是有點被拋棄的感覺吧？」

談話間，我們漸漸抵達木原的家。

「打擾了。」我跳下山豬。

「暫時收留你可以，但是戰爭一結束，你可得馬上收拾行李回家吃自己啊。」木原說。

「別擔心，戰爭很快就會結束的。」我說。

「是嗎？」木原看上去並沒有很在意。

我看著手裡的筆記本，心中漸漸有了答案。

我明白，台灣內戰只能有一種結局。

△

博愛特區，傳訊員喜孜孜地打開會議室的門，內戰開打以來，他的心情從來沒有那麼好過。

「人心不足蛇吞象，台中的野心太大，想一口氣吞下整個台灣西岸，卻把自己的兵力消耗殆盡。」他一邊眉飛色舞地說著，一邊把戰況報告的文件放在辦公桌上：「現在北部戰線已經穩定，南部戰局的屏東台南聯軍想必會跟元氣大損的台中鬥個兩敗俱傷，屆時就是我們大台北地區坐收漁翁之利的時候，指揮官真是用兵如神！」

指揮官坐在辦公桌前，搖搖頭。

「南部那一戰不會打了。」

「為什麼？」傳訊員愕然。

「因為台中的目的已經達成。」指揮官的語氣罕見地有點疲憊。

「台中的目的是什麼？」傳訊員滿頭霧水。

「打醒還在睡的人。」

「什麼意思？那我們什麼時候行動？」傳訊員還是完全搞不清楚狀況。

「你知不知道，台灣已經內戰過幾次？」指揮官不答反問。

「不知道。」

「成千上萬次。」指揮官微笑。

「什麼時候？」傳訊員張大嘴。

「你湯圓喜歡吃甜的還是鹹的？」指揮官突然問。

「痾……鹹的？」傳訊員歪著頭。

啪搭。指揮官伸手在傳訊員的額頭上彈了一下。

「我喜歡甜的。」指揮官說道：「就在剛剛，我們已經內戰了一次。」

傳訊員摀著額頭沒有說話。

「在台灣，每一次文化衝突、每一次口語糾紛、每一次意見分歧、每一次政治選舉都可以掀起一場激烈的戰爭，你知道為什麼嗎？」

傳訊員仍然不明究理。

「因為我們是民主國家。」指揮官自己回答：「正因為我們是民主國家，不同的人可以擁有不同的意見。我們可以戰肉圓、戰肉粽、戰學校、戰交通、戰天氣、戰經濟、戰縣市、戰南北、甚至戰政黨。」

指揮官頓了一下，笑道：「就算有人在網路上把國家內戰當作題材，用來寫小說也不會有事。」

「誰會這麼無聊？」傳訊員不以為然地撇嘴。

指揮官笑而不答，又問道：「那你知不知道，作為一個民主國家，我們最重要的內戰是哪一場？」

「總統大選。」傳訊員不假思索。

語畢，他的眼睛一亮。

一直以來，這都是台灣最大規模、最多人參與、最高關注度並且最珍貴的戰爭。這場戰役將決定誰是代表台灣的國家元首，同時也是真正意義上的陸海空三軍統帥。

「那麼，晚點見。」指揮官起身走出會議室。

「等等，您到底是……」傳訊員喉頭鼓動。

他突然發現自己對指揮官的性別、樣貌、個性、來歷全都一無所知。

「你想問我到底是誰嗎？」指揮官眨眨眼睛。

傳訊員點點頭，他睜大眼睛，拚了命想看清楚指揮官的臉，卻什麼也沒看出來。

「這個問題要問你，你希望我是誰？」

傳訊員揉揉眼睛，指揮官已經不在原地。

⌂

凱達格蘭大道。

導演歷經千辛萬苦，終於到達了這裡。他衣衫襤褸，渾身佈滿慘烈的傷痕，肌膚上扎滿密密麻麻的細小牙籤。

國家機器動得那樣厲害，要不是憑藉堅勝金石的意志力支撐，他幾乎就要倒下。

他的背上揹著一把巨弓，弦上已無箭，他用盡所有的穿雲箭，才終於走到這一步。

一個男人正站在總統府門口。

男人很老了，渾身卻散發出一股驚人的鬥氣。他兩手環胸，將一雙威震全台的神掌夾在腋下。

「四年又過去了。」導演瞇起眼睛。

「所以我來了。」男人波瀾不驚地說。

導演並不意外，全台灣都知道，這個男人也許會遲到，但絕對不會缺席。

他的職業不是總統，他的職業，是選總統。

參選一時爽，一直參選一直爽。

他是台灣總統參選史上最歷久不衰的傳奇，累計得票數最高，累計參選次數最多，永遠的總統候選人。

許多人都認為，少了他，總統大選將不再完整。

「你知不知道全台灣人有多少人是看我選總統長大的？」男人微笑：「我不能讓那些孩子們失望啊。」

此時，一名女子從總統府中踱步而出。

男人瞇起眼睛。

導演屏住呼吸。

「謙卑，謙卑，再謙卑。」女子雙手合十。

她每講一次謙卑，凱道上的空氣就凝重一分。

最後一名參賽選手總算登場。

「喂。」導演打招呼。

女子恍若未聞，繼續往前走。

「喂！」導演加大音量。

「幹嘛那麼大聲啦？」女子皺眉。

「我叫妳妳都沒聽見。」導演說。

「我沒聽見，你可以拍桌子啊。」女子說：「你要自立自強啊。」

「要吵之後再吵，都準備好了吧？」老男人說道。

「Yes, I do.」導演握拳，指節格格作響。

「I shall return.」老男人挺胸。

「為什麼一定要講英文？」女子疑惑。

內戰當然還沒結束，也許永遠都不會結束。

因為我們活在一座地理位置特殊、國際地位尷尬、思想衝突劇烈的島上。

這場戰爭也許充斥著醜陋的鬥爭，也許潛藏遭刻意操弄的意識形態，卻仍是我們最足以自豪的財富。

台灣人，開戰了。

有方之美 005

台灣異聞錄 Tales of Taiwan

作者　二師兄｜**繪者**　林家棟｜**社長**　余宜芳｜**特約編輯**　陳盈華｜**封面設計**　張閔涵｜**特約企劃**　張威莉｜**出版者**　有方文化有限公司／23445 新北市永和區永和路 1 段 156 號 11 樓之 2　**電話**—(02)2366-0845　**傳真**—(02)2366-1623｜**總經銷**　時報文化出版企業股份有限公司／33343 桃園市龜山區萬壽路 2 段 351 號　**電話**—(02)2306-6842｜**印製**　中原造像股份有限公司——初版一刷 2020 年 1 月 17 日　初版八刷 2021 年 3 月 9 日｜**定價**　新台幣 330 元｜

台灣異聞錄／二師兄著. -- 初版. -- 台北市：有方文化, 2020.1；　面；　公分（有方之美；5）

ISBN 978-986-97921-3-4（平裝）

863.57　　108021396